Friedrich Gerstäcker:
Der Schiffszimmermann
Die Nacht auf dem Walfisch

Zwei Seefahrergeschichten

Gerstäcker, Friedrich: Der Schiffszimmermann und Die Nacht
auf dem Walfisch. Zwei Seefahrergeschichten

**Hamburg, SEVERUS Verlag 2013**

ISBN: 978-3-86347-462-1
Druck: SEVERUS Verlag, Hamburg, 2013

Der Text der vorliegenden Edition folgt der Ausgabe:
Gerstäcker, Friedrich: Der Schiffszimmermann und Die Nacht
auf dem Walfisch. Zwei Seefahrergeschichten. Köln: Schaffstein

Der Text wurde aus Fraktur übertragen. Die Orthographie wurde
behutsam modernisiert, grammatikalische Eigenheiten bleiben
gewahrt. Die Interpunktion folgt der Druckvorlage.

Der SEVERUS Verlag ist ein Imprint der Diplomica Verlag
GmbH.

**Bibliografische Information der Deutschen Nationalbiblio-
thek:**
Die Deutsche Nationalbibliothek verzeichnet diese Publikation in
der Deutschen Nationalbibliografie; detaillierte bibliografische
Daten sind im Internet über http://dnb.d-nb.de abrufbar.

Friedrich Gerstäcker:

*Der Schiffszimmermann*
*Die Nacht auf dem Walfisch*

*Zwei Seefahrergeschichten*

# Der Schiffszimmermann

Leise wogte die See und warf nur wie spielend ihre durchsichtigen tiefblauen, silberbeschäumten Wogen gegen die Korallenriffe von Tubuai, der Hauptinsel einer kleinen Gruppe von Eilanden im Stillen Meere, deren Palmen die milde Luft durchrauschten und über deren bis zur höchsten Kuppe bewaldeten Bergen der Himmel sich rein und sonnig spannte. Am sandigen Korallenstrand spielten, als die Schatten länger wurden und das heiße Taggestirn sich mehr und mehr dem Horizont zuneigte, eine ganze Schar bronzefarbiger munterer Kinder, haschten sich, indem sie über die scharfen Korallenstücke mit den nackten Sohlen hinliefen, als ob ihre Füße mit Leder und Eisen gegen jede Verletzung geschützt waren, oder schaukelten sich an langen, aus Kokosfaser gedrehten und in den Kronen der Palmen befestigten Seilen herüber und hinüber – jetzt weit über das blaugrüne Binnenwasser hinaus, über das die mächtigen Bäume ihre Wipfel neigten, jetzt hinein in das Guiaven- und Orangendickicht, mit leckem Fuß die Gefahr abwehrend, gegen irgendeinen der nahen Stämme geschleudert zu werden.

Die erwachsenen Männer lagen behaglich ausgestreckt im Schatten eines kleinen Orangen- und Bananenhains, dessen Ausläufer wunderlich starrästige Pandanusbäume bildeten, und schauten teils den Spielen der Kinder zu, teils ziemlich gleichgültig nach einem in der Ferne sichtbar gewordenen Segel, das mit der leichten Brise langsam näher kam. – Geschäftiger dagegen waren die Frauen, die hier und da in der durchsichtigen Flut Kokosschalen zu Bechern abschliffen, Kränze und Haarschmuck aus den weißen zarten Fasern der Pfeilwurz wanden, oder auch mit der Angel, bis zum Gürtel im Wasser, zwischen den Korallen standen, ein leckeres Abendmahl von kleinen Fischen zu fangen. Diese wurden dann roh, nur in Kokosmilch und Salzwasser getaucht, und mit der gerösteten oder gedämpften Brotfrucht gegessen.

Früher schallte hier freilich auch das muntere Getön der Tapaklöppel durch das schattige Dunkel der Waldung. Die Frauen und Mädchen verfertigten sich damals aus der gegorenen Rinde des Brotfrucht- und Bananenbaumes ihre eigenen Stoffe zu Pareu und Schultertuch, und während ihnen lachend und singend die Arbeit zum Spiel wurde, sammelten sich die jungen Leute um sie her, halfen ihnen den Teig einkneten und ausbreiten und schnitzten ihnen aus dem harten Holz der Kasuarine die Klöppel.

Jetzt ist das freilich vorbei. Zuerst brachten ihnen die Missionäre, dann andere anlegende Schiffe, besonders Walfischfänger, buntfarbige Kattune und andere billige Stoffe, die ihnen besser gefielen als die einfache, selbstgefertigte Tapa. Die einzige wirkliche Arbeit, die sie bis dahin gekannt, wurde also beiseite geworfen, und der edle Müßiggang, dem die Natur hier mehr als an irgendeinem andern Ort der Welt Vorschub leistet, ward ihnen bald lieber als alles andere. Manchen schlimmen Einfluß hatte das allerdings auf sie, aber das Gutmütige, Einfache, Herzliche in ihrem ganzen Wesen konnte es ihnen doch nicht rauben. Froh und fröhlich lebten sie in den sonnigen Tag hinein, und der Gott da oben, der über ihre Heimat das ganze Füllhorn seiner reichen Schätze ausgeschüttet, mußte ihnen ja wohl ein lieber Vater sein.

Wenig waren sie dabei mit den Weißen, die sich schon auf den benachbarten Inselgruppen festgesetzt, ja einen Teil derselben sogar gewaltsam in Besitz genommen, in Berührung gekommen. Zwei Missionäre siedelten sich allerdings an der Nordseite der Insel an, deren gutmütige Bewohner sie bald ihrem Glauben gewonnen hatten. In wirklich innigem Verkehr mit ihnen lebte aber nur ein einziger Weißer, ein junger, blauäugiger, frohsinniger Schotte, der vor fünf oder sechs Jahren auf einer der Tonga-Inseln einem Walfischfahrer, auf dem er als Zimmermann gefahren, entlaufen war und seinen Weg hierher gefunden hatte. Hier aber fesselte ihn sein Herz. Er verliebte sich in eins von den lieben Gesichtern der jungen Tubuai-Mädchen, die dort zu Dutzenden umherliefen, und da ihm das stille, gemütliche Leben dieses, wenn auch von der Welt abgeschiedenen, doch reizenden Platzes ebenfalls gefiel und die Eltern nicht die geringsten Schwierigkeiten machten, sondern nur eine rechtsgültige Trauung von dem Missionär verlangten, gab er sein unstetes Untertreiben auf und wurde erstlich ein verheirateter Mann, und dann später ein Familienvater auf Tubuai.

Er selber war zwar nur mit der Schulbildung aufgewachsen, die Knaben in seinen Verhältnissen daheim gewöhnlich erhalten; aber sein Handwerk hatte er tüchtig und brav gelernt, und er machte an ein gesellschaftliches Leben weiter keine größeren Ansprüche, als ihm die Insel eben bieten konnte. Unter dem blauen Himmel und den wehenden Palmen dieses kleinen Paradieses und zwischen den guten und einfachen Menschen verlangte er nichts weiter;

denn das häusliche Glück, das er dort gesucht, hatte er ja gefunden. Überdies fesselten ihn an die verlassene Welt keine anderen Familienbande mehr. Seine Eltern daheim waren tot, Geschwister hatte er nie gehabt, und Intaha, sein liebenswürdiges Weib, das ihm zwei Kinder geboren, war ihm alles.

Ehrlich und offen in seinem ganzen Wesen und bei weitem nicht so rauh und dem Trunk ergeben, wie es die englischen Seeleute sonst nur zu häufig sind, waren ihm auch die Eingeborenen bald alle freundlich geneigt, und durch seine Geschicklichkeit in manchen für sie höchst wertvollen Kenntnissen wurde er ihnen bald zu einem so nützlichen als gerngesehenen Gefährten.

Tomo, in welchen Namen die Eingeborenen sein Tom Burton bald umgetauft, lag auch heute wieder mit ihnen am Strand und schaute halb träumend, halb sinnend zu dem fernen Segel hinüber, das nur langsam und schwerfällig mit der leichten Brise näher kam. Wohl gingen ihm dabei die früheren Szenen wieder durch den Sinn, die er selber damals an Bord eines Schiffes durchlebt: die schwere, böse Arbeit, der ewige Unfrieden mit dem Kapitän – dann seine glückliche Flucht, wo er, fünf Tage an wilden Bananen, sogenannten Feis, zehrend, auf den Höhen von Hawaii zugebracht – dann seine späteren Kreuzfahrten zwischen den schönen Inseln, und nun sein jetziges friedliches Stillleben auf der kleinen Scholle mitten im Weltmeer drin.

„Und wenn du jetzt mit dem Schiffe dort in die Heimat zurückkehren könntest", – gingen seine Gedanken dabei – „möchtest du fort? – möchtest du Intaha und die Kleinen verlassen, um da draußen wieder unter den kalten, herzlosen Menschen das alte Leben zu beginnen? Nein, bei Gott nicht. Es gibt nichts dort, was mich zurück zu ihnen locken konnte, und es kommt mir manchmal wirklich so vor, als ob ich nur eigentlich aus Versehen im alten Europa geboren wäre, so ganz und völlig gehör' ich hierher, wohin mich mein gutes Glück zur rechten Zeit geführt. Da draußen mögen sie sich indessen drängen und treiben, um Geld, nur immer mehr Geld zu verdienen und das Verdiente dann im wüsten Schlemmen zu verprassen, wie ich es selber früher manchmal getan. Ich will jetzt hier genießen und mich meines Glückes freuen – die Welt – bah – so viel für den ganzen unnützen Lärm, den sie darum machen!" –

Die Sonne war indessen, ein roter Glutenball, im Meer versunken, und seine Frau, ein blühendes, blumengeschmücktes, junges, lächelndes Weib, kam, das jüngste Kind ihr auf der linken Hüfte reitend – wie die Frauen dort ihren jungen Nachwuchs tragen – das älteste, einen kleinen, muntern, dreijährigen Burschen, an der Hand, um ihn abzuholen. Der Tau fing schon an naß niederzufallen.

Das Schiff war noch eine ganze Zeit in dem hellen Streifen sichtbar, der im Nordwesten auf dem Horizont lag, und zeichnete jetzt sogar deutlich seine Raaen und Segel ab. Bald jedoch verschwanden die Umrisse desselben in dem Bleigrau des sinkenden Abends, und als der Mond im Osten über die Berge stieg, war es ganz verschwunden.

Die Indianer interessierten sich aber in der Tat nur für die Schiffe, die wirklich bei ihnen anlegten, was indessen sehr selten geschah. An diese konnten sie dann Früchte, Gemüse, die sie ihr weißer Freund bauen gelehrt, und auch wohl geschlagenes Holz, gegen Beile, Tabak, Kattun, Schmuck, Nägel, Spiegel und andere Kleinigkeiten eintauschen. Daß sie dabei nicht so sehr übervorteilt wurden, überwachte Tomo ebenfalls, und wie er ihnen bei solchen Gelegenheiten als Dolmetscher wertvolle Dienste leistete, war er ihnen auch in dieser Hinsicht unendlich nützlich.

Mühe genug hatte es ihn aber gekostet, die Eingeborenen zu einer wirklich schweren Arbeit zu bringen, wie das

Holzhauen in diesem Klima ist, und wenig nützte es dabei, daß er ihnen selber mit gutem Beispiel voranging. Sie setzten sich um ihn her, sahen ihm zu und wollten sich totlachen, wenn ihm der Schweiß in großen Tropfen von der Stirn lief, wurden aber stets sehr ernsthaft, sobald er ihnen selber die Axt in die Hand drückte, und warfen sie auch bald wieder fort. Nur als sie später in die Hände derer, die am fleißigsten gewesen waren, ziemlich reichlichen Gewinn fließen sahen, ließen sie sich eher dazu bewegen, mit zuzugreifen. Zureden kostete es indes noch immer.

Solch Holzschlagen war aber trotzdem ein Fest für die fröhlichen Kinder dieser Palmenwelt, die das Freundliche einer Sache stets am leichtesten und schnellsten herausfanden. Dann sammelten sich die Mädchen und Frauen um die Arbeiter, pflückten Blumen und banden Kränze, mit denen sie die Geschicktesten und Fleißigsten krönten, oder lachten auch wohl über die Unbehülflichkeit des einen oder des andern. Das geschah aber auf so gutmütige, herzliche Weise, daß er nie hätte darüber böse werden können und jetzt schon durch eine Art von Ehrgeiz angetrieben wurde, seine Sache besser zu machen und ebenfalls einen Kranz zu verdienen.

Der nächste Morgen dämmerte eben im Osten, und ein paar der jungen Leute waren früh aufgestanden, um auf den Fischfang hinauszufahren. Deren Ruf weckte aber bald noch mehrere Kameraden, die, als sie erstaunt aus ihren Hütten schauten, das gestern Abend erspähte Schiff klar und deutlich und schon ziemlich nah herankommen sahen. Hätte es nicht die Absicht gehabt, bei ihnen anzulaufen, so würde es die Nähe der Korallenriffe, die sich um alle diese Inseln bilden und sie oft auf viele Meilen im Umkreis umschließen, gewiß gemieden haben.

Der Seemann hat von diesen Plätzen noch keine guten Karten, und in der Tat wechseln auch die verborgenen

Klippen zu oft, um all die gefährlichen Stellen mit Gewißheit angeben, und wenn sie angegeben wären, sich auf sie verlassen zu können. Wenn deshalb Schiffe an einer solchen Insel anlegen wollen, halten die Fahrzeuge darauf zu und kreuzen entweder über Nacht in sicherer Entfernung, das Tageslicht abzuwarten, oder werfen auch wohl Anker, wenn sie sichern Grund erreichen können.

Das letztere geschieht freilich nur selten, da die Koralle fast immer von bedeutender Tiefe jäh und schroff bis an die Oberfläche emporsteigt. Während hier die Woge über das bis zum Wasserrand gehobene Riff hinüber schäumt, findet dicht daneben das Senkblei oft auf fünf- und sechshundert Fuß keinen Grund. An ein Ankern ist natürlich in solcher Tiefe nicht zu denken.

Das fremde Schiff – darüber war kein Zweifel mehr – hatte jedenfalls die Absicht, mit dem Lande in Verbindung zu treten, und eine rege, fröhliche Geschäftigkeit kam bald über die noch eben schlaftrunkenen Bewohner des Strandes. Vor allen Dingen weckten sie Tomo, um ihn von dem erfreulichen Ereignis in Kenntnis zu setzen, und gingen dann eifrig daran, teils Kokosnüsse und Bananen, Orangen, Guiaven, Papayas, und wie die hundert Früchte alle heißen, zu pflücken, teils Brotfrüchte abzunehmen und süße Kartoffeln, Yams und Wassermelonen aus den Feldern zu holen. Die Frauen waren dabei ebenso fleißig, mit rasch niedergeworfenen Blättern der Kokospalme auf eine eigene geschickte, aber unendlich einfache Weise Körbe zu flechten. In diesen konnten sie die Früchte weit besser verpacken und an Bord liefern und hatten dadurch auch eher einen Maßstab für die Masse und den Wert derselben.

Intaha, die geschickteste und fleißigste der Insulanerinnen, hatte aus Bambusstreifen und zierlich gefärbten Pfeilwurzfasern allerliebste kleine Körbchen und Taschen gefertigt, um dieselben bei nächster Gelegenheit gegen manche kleine Bequemlichkeit von landenden Weißen einzutauschen. Von Tomo selber standen sechs Klaftern Holz aufgestellt, und er hoffte, mit seinen Gemüsen, die er gebaut, seinen Früchten, die ihm Gottes Güte wachsen ließ, und seinen Hühnern und Schweinen, die er gezogen, diesmal ein ordentliches kleines Kapital anlegen zu können.

Das Schiff kam indessen immer näher, und als es fast bis dicht an die Riffe aufgekreuzt war, wurde ein Boot ausgesetzt. Dieses, von vier tüchtigen Riemen getrieben, hatte schon die schmale Einfahrt in die Riffe bemerkt und kam jetzt durch das glatte Binnenwasser, das stets zwischen den Riffen und dem festen Lande liegt, rasch herbeigerudert. Und wie drehten die Matrosen, die nun so lange da draußen an Bord Salzfleisch und harten Schiffszwieback gekaut und nichts gesehen hatten als das weite, weite Meer, beim Anrudern den Kopf so sehnsüchtig bald rechts, bald links über die Schultern, um das Auge einmal wieder an dem saftigen frischen Grün der Bäume zu laben, wieder einmal Frauen und Kinder zu schauen und das Rauschen und Flüstern des Windes im Laub zu hören!

O ihr, die ihr auf festem Lande lebt und noch nie aus Sicht des heimischen Bodens gekommen seid, ihr wißt gar nicht, welcher unendliche Zauber für den seemüden Wanderer allein in dem kleinen Wörtchen Land verschlossen liegt. Wie leicht sich das unter der Sohle fühlt, wenn es der springende Fuß zum erstenmal wieder berührt, wie süß die Blumen duften; wie melodisch die Vögel singen; wie wunderbar gefärbt alles erscheint! – Ein eigener Zauber liegt auf solchem fremden Boden. Wenn aber schon der Seemann selbst der unwirtbarsten, rauhesten Küste ihre freundliche Seite abzugewinnen weiß, über das kleine dürftige Haideblümchen jubelt, das er zwischen nacktem Felsgestein gefunden, und bunte Muscheln und Kiesel am

Strande sucht, um sie zur Erinnerung mit aufs Schiff zu nehmen – wie ist ihm da zu Mute, wenn sein Fuß ein fertig Paradies betritt, wo die Natur das Schönste, was sie irgend bietet, in dem so kleinen, engen Raum mit vollen Händen aufgehäuft. Daß die Leute dann beim Anblick der wehenden Palmen, süßen Früchte und lieben, freundlichen Gesichter manchmal eine Art von Heimweh bekommen und dem Schiff zu entlaufen suchen, ist allerdings unrecht, denn sie brechen einen eingegangenen Kontrakt – aber erklärlich und menschlich bleibt es immer.

Die Kapitäne wissen das auch, und obgleich schwere Strafen darauf gesetzt sind und die Leute oft den seit Jahren mühsam verdienten Lohn, den der Kapitän für sie in Händen hat, im Stich zu lassen genötigt sind, um nicht wieder mit hinaus auf das öde Meer, um nicht wieder diese Küsten verlassen zu müssen, so trauen sie ihrer Mannschaft doch nimmermehr. Wo sie einmal an solcher Insel anlegen, brauchen sie jede nur mögliche Vorsicht, und diejenigen von den Matrosen, welche nicht das Boot mit rudern, dürfen das Land gar nicht betreten.

Auf solche Art sehen dann die armen Teufel von Matrosen von dem wunderhübschen Land, das sie nach langer Fahrt zu betreten hoffen, gewöhnlich unendlich wenig. Vor ihnen rauschen die Palmen und fließt der murmelnde Quell unter fruchtschweren, schattigen Zweigen hin – aber nicht für sie. Was hilft es ihnen, daß sie dem Namen nach fremde Länder besuchen? Wie der Gefangene aus dem Fenster seiner Zelle die grünen Felder und die darauf schaffenden freien Menschen erkennen kann, ohne hinaus zu ihnen zu dürfen, so lehnt der Matrose an seinem Bord und schaut sehnsüchtig nach dem wundervollen Schauspiel hinüber, das sich seinen Augen bietet. Er mißt vielleicht mit einem verzweifelten Blick die Entfernung zwischen

Schiff und Land, das möglicherweise mit Schwimmen zu erreichen wäre, während er die Unmöglichkeit kennt, es zu gewinnen, bevor er von dem nachgeschickten Boot wieder eingeholt und zurückgebracht würde, und wendet sich dann seufzend ab, seinen allerdings freiwillig übernommenen Geschäften, die ihn jetzt rettungslos binden, in alter Weise nachzugehen.

Nur wenig mehr Freiheit haben die Ruderer. Allerdings betreten sie den Boden und dürfen sich selber, wenn sie Lust haben, die am Strand wachsenden Früchte pflücken, aus der Quelle trinken und mit den Eingeborenen verkehren, ihnen die Hand drücken und ihren herzlichen Gruß erwidern. Aber ehe sie nur eigentlich recht zur Besinnung kommen können, ist auch die kurze Zeit schon wieder vergangen, der Befehl zum Einschiffen erfolgt, und hinter ihnen liegt wieder auf lange, lange Monde, vielleicht auf Jahre, der schöne Traum von Früchten, Land und Bäumen und den freundlichen lieben Gesichtern guter, harmloser Menschen. Ihre Heimat ist von da aufs Neue das Meer, ihr Geschäft: den schmutzigen, übelriechenden Tran auszukochen und den Elementen ihre Existenz, ihr Leben abzuringen.

Doch daran dachten sie jetzt nicht. Kaum berührte der scharfe Kiel des leichten, die Wogen rasch durchschneidenden Walfischbootes den rauhen Korallensand, als sie auch wie mit einem Schlag ihre Ruder hineinwarfen und nach allen Seiten hin über Bord sprangen, um das Boot höher hinauf an Land zu ziehen. Fröhlich und geschäftig umringte sie dabei das neugierige, lachende, jubelnde Volk der Eingeborenen, die recht gut wußten, daß sie von solchen anlandenden Booten nichts zu fürchten hatten, wie diese Mannschaft ja auch ebenso sicher in ihrer Mitte war.

Der Harpunier nun, der jetzt ebenfalls langsam das Boot verließ, überschaute erst forschend und langsam die fremden ihn umgebenden Menschen, um irgendeinen darunter herauszufinden, der vielleicht eine Autorität unter den übrigen sein könnte, und dann mit diesem seinen beabsichtigten Handel abzuschließen. Da fiel sein Blick auf die Gestalt des weißen Mannes, der eben noch ganz in seiner europäischen, nur aus leichten Stoffen gefertigten Tracht unter dem kühlen Schatten der den Strand umschließenden Bäume sichtbar ward und langsam zum Boot herunterkam.

Auf diesen schritt er, nicht wenig erfreut, jetzt einen sicheren Dolmetscher zu haben, zu, streckte ihm die Hand entgegen, die Tom nahm, und sagte auf Englisch: „Ein Landsmann etwa? – Sollte mich verdammt freuen, den hier zwischen dem Kauderwelsch der Burschen zu finden."

„Ein halber wenigstens – ein Schotte!" lachte Tom. „Wie geht's Euch? – Freue mich, Euch hier auf Tubuai begrüßen zu können."

Der Seemann drückte die ihm gebotene und noch nicht wieder losgelassene Hand aus Leibeskräften und sprach freundlich:

„Vortrefflich, und nun können wir auch unsere Geschäfte gleich und rasch miteinander abmachen, denn der Kapitän brennt vor Ungeduld, wieder in See zu gehen. Wir wollen, wie Ihr Euch wohl denken könnt, ein bißchen von allem, und bringen Euch hier dasselbe – könnt Euch dann aussuchen, was Euch am besten behagt. Holz habt Ihr doch wohl keins gehauen?"

„Wie viel braucht Ihr?"

„Ach, wir brauchten schon viel, denn das letzte ist fast verbrannt, aber der Alte will nicht bleiben, bis welches geschlagen werden kann."

„Es stehen sechs Klaftern gleich dort hinter der Casuarine aufgeschichtet", sagte Tom. „Wie heißt euer Schiff?"

„Sechs Klaftern – das ist famos, da werden wir bald

handelseinig darüber werden. – Die Lucy Evans heißt das Fahrzeug."

„Scheint nicht besonders schnell zu sein", meinte Tom, der sich noch aus früherer Zeit her genug für die Seefahrt interessierte, um Teilnahme für die Schiffe zu haben, mit denen er in Berührung kam. „Es dauerte gestern lange, bis Ihr heraufkamt."

„Ein Schnellläufer ist's nicht", lachte der Harpunier; „aber 's ist auch kein Wunder, denn wir sind schon bald drei Jahre aus, und das Kupfer hängt uns in Lappen und Fetzen vom Rumpf herunter. Übrigens fängt sie ziemlich glücklich. – Apropos", unterbrach er sich aber, „Ihr seid selber Seemann gewesen und wißt, daß ich die Verantwortung für meine Leute habe. Es ist hier doch keine Gefahr, daß sie davonlaufen könnten?

„Wenn sie Bescheid am Strand wüßten, wär's schon möglich", sagte Tom mit ebenso leiser Stimme, wie die Frage an ihn gestellt war, „aber so nicht, denn eine Lagune schneidet hier hinten ein, die sie nicht kreuzen würden; und wenn vermißt, wären sie leicht wieder aufzufangen. Habt keine Angst."

„Desto besser – aus den Augen werd' ich sie so nicht lassen. Es ist doch eine verwünschte Geschichte mit dem Auskneifen der Halunken. Seit wir ausgefahren, sind uns schon dreizehn Mann davongelaufen."

„Dreizehn Mann, das ist viel, da werdet Ihr knapp an Mannschaft sein."

„Verdammt knapp, obgleich wir ein paar neue von den Sandwichs-Inseln dazu genommen haben. Wie war's hier? Sollten sich nicht ein paar von den Insulanern bewegen lassen, einmal einen Kreuzzug auf Walfische zu versuchen?"

Tom schüttelte lachend den Kopf und sagte:

„Du lieber Gott, das sollte den leichtherzigen und an diesen sonnigen Himmel gewöhnten Burschen wunderlich vorkommen, wenn sie plötzlich zwischen die nordischen Eisberge hinaufgeführt und dort gezwungen würden, Tag und Nacht Tran auszukochen. Sie sind beinahe zu bequem, sich hier im Warmen ihre eigene Brotfrucht zu backen."

„O, das wollen wir ihnen schon angewöhnen!" erwiderte der Seemann.

„Ja, das glaub' ich", nickte Tom ernst. „Ich möchte ihnen jedoch nicht dazu raten! – aber" setzte er freundlich hinzu, „macht Euch darüber keine Sorge,
Ihr hättet auch schlechte Matrosen an ihnen. Wenn Ihr von hier Tahiti anlauft, glaub' ich ziemlich sicher, daß Ihr dort Eure Mannschaft vervollständigen könntet. Die Franzosen sollen, wie ich früher einmal gehört habe, ziemlich regelmäßig eine Partie von aufgefangenen armen Teufeln in ihrer Kalebouse sitzen haben."

„Ich glaube, der Alte hat nicht übel Lust dazu", sagte der Harpunier. „Jetzt aber, vor allen Dingen, zeigt mir erst einmal Euer Holz, und dann seid so gut und laßt von Brotfrüchten, Orangen und Gemüsen, von denen Ihr, wie ich da sehe, einen Vorrat habt, alles zum Verlauf Angebotene dicht zum Boot hinunterschaffen. Ich werde nachher auslegen, was ich an Tauschwaren mitgebracht. In solcher Art kommen wir am schnellsten zu einem Resultat."

Sich dann an seinen Bootsteuerer wendend, dem er heimlich die Warnung zuflüsterte, während er in das Holz ginge, auf die Leute ordentlich acht zu geben, schritt er mit Tom, der seinen Indianern ebenfalls die gewünschte Anordnung in ihrer Sprache zurief, nach dem gar nicht weit entfernten Holzplatz. Obgleich hier das geschlagene Holz dem Harpunier sehr behagte, konnte er doch keinen festen Handel mit dem Eigentümer abschießen, da er hierzu nicht einmal genug Waren oder Geld mitgebracht, auch keinen festbestimmten Auftrag vom Kapitän erhalten hatte.

„Wißt Ihr was, mein Freund", wandte er sich da an den Schotten, „fahrt in meinem Boot mit an Bord. Ein paar von Euren Indianern können uns ja in einem ihrer Kanoes begleiten, um Euch, falls Ihr nicht handelseinig würdet, wieder mit zurückzunehmen. Ich zweifle aber nicht im mindesten daran, daß der Alte das Holz nimmt und noch außerdem übermäßig froh ist, es nur zu bekommen. Unter uns gesagt, muß er es entweder hier nehmen, oder in nächster Zeit noch eine andere Insel anlaufen, wo es ihm dann kaum so leicht gemacht werden würde, es fertig ge- spalten und nah am Strand zu finden. Wem gehört es – Euch?"

„Nur Zum Teil – etwas gehört den Eingeborenen."

„Gut, für die schließt Ihr ja doch den Handel ab, und nun kommt mit mir zum Strand zurück, daß ich meine Leute wieder unter den Augen habe."

„Wollt Ihr nicht erst einmal in meine Hütte treten und Euch dort etwas erfrischen?" fragte ihn Tom. „Sie ist kaum zweihundert Schritt von hier entfernt. Dort liegt schon die Fenz, die sie und meinen Garten umschließt."

„Dank Euch, dank Euch", erwiderte der Seemann, „guckte gern einmal hinein, aber es geht nicht. Der Boden brennt mir hier, wo ich meine Bootsmannschaft nicht über- sehen kann, unter den Füßen. Überhaupt müßt Ihr mir versprechen, das Holz, wenn wir es übernehmen, bis zum offenen Strand zu schaffen, wo es die Eingeborenen mei- netwegen abwerfen können. Hier in den Wald darf ich meine Leute nicht lassen, die Verführung wäre zu groß, und sie brennten mir, Gott straf mich! durch."

„Ihr scheint schlechtes Vertrauen zu ihnen zu haben", lachte Tom. „Ist denn Euer Kapitän solch ein Seeteufel, oder das Leben an Bord so schlecht?"

„Ih nun, der Alte hat wohl ein bißchen von dem, was Ihr Seeteufel nennt, im Leibe, Ihr werdet das wohl schon kennen. Die Kost an Bord ist übrigens vortrefflich und überarbeitet werden die Leute ebenfalls nicht. Um fünf Uhr ist alle Abend Feierzeit – ausgenommen natürlich, wir haben einen Fisch langseit oder Speck an Bord."

„Nun, das versteht sich von selbst", sagte Tom; „aber da sind wir wieder am Strand und dort auch Eure Leute, Ihr könnt Euch also beruhigen."

„Gott sei Dank", murmelte der Seemann, als ob er ganz andere Vermutungen gehabt hätte, leise vor sich hin.

Der Handel mit den Früchten begann jetzt, der auch schon von den Matrosen durch einzelne Geberden und Vorzeigen von Stücken Tabak, Messern, Hemden und anderen Dingen, die sie notdürftigerweise glaubten entbehren zu können, geführt war. Frische Gemüse und vielleicht etwas Limonensaft bekamen sie schon vom Schiff, um den Skorbut von ihnen fernzuhalten, aber Orangen, Ananas und andere saftreiche Früchte mußten sie sich, wenn sie deren unterwegs haben wollten, selber einlegen.

Tom hatte indessen mit dem Häuptling dieses Distrikts, dem der Harpunier vorher auf sein Anraten einige kleine Geschenke gemacht, den Handel über eine gewisse Quantität von jungen Kokosnüssen, Brotfrüchten und Gemüsen usw. abgeschlossen. Die Eingeborenen waren emsig damit beschäftigt, alles zum Strand hinunter zu schaffen, wo es die Matrosen sogleich in Empfang nahmen und in ihr Boot packten. – Intaha war ebenfalls zum Strand gekommen, um dem Gatten, was sie an zum Verkauf gefertigten Arbeiten bereit hatte, hinzubringen, und der Bootsteuerer, ein junger Amerikaner, handelte ihr hier schon einen kleinen Teil der Sachen ab. Das übrige ließ Tom in das Schiff legen, um es dem Kapitän wie den übrigen Offizieren anzubieten.

„Ich will mit dem Vater hinausfahren", sagte sein kleiner Knabe, als er ihn aufhob und küßte und dann seinem Weib die Hand reichte, – „ich will auch das große Kanoe da drüben sehen."

„Das geht nicht, mein Herz", beruhigte ihn der Vater, „da drüben bist du nur im Weg und die Mutter ängstigte sich indes um dich."

„Laß ihn hier", bat auch die Frau, „ich wollte, du gingst ebenfalls nicht mit, Tomo. – Wenn ich dich mit den fremden Männern in solch' einem Boot wegfahren sehe, ist mir's doch immer, als ob du nicht wiederkämst und in deine eigene Heimat zurückgingst – und was sollte Intaha dann mit sich und den Kindern beginnen!"

„Fürchte dich nicht." lachte der Mann. „Wie viele Schiffe hab' ich schon besucht und kenne auch das Leben da draußen viel zu genau, um durch irgendeine Vorspiegelung verlockt zu werden. Ich weiß, was die mir bieten können – was ich hier besitze, und werde kein Tor sein, dich und die kleinen Schelme da im Stich zu lassen. Übrigens fährt dein Bruder Alohi mit uns hinüber, und ich hoffe diesmal Geld genug mitzubringen, um den ganzen Kokosgarten, der hinter unserem Grundstück liegt, vom Häuptling anzulaufen. Nachher werden wir von dem Kokosnußöl reich, was ich jährlich ausschmelzen kann.

„Kommt an Bord!" rief die Stimme des Harpuniers, der seinen Platz im Boot schon eingenommen hatte. Tom sprang hinein, Alohi und ein anderer Indianer stiegen in ihr Kanoe, das Boot, wie es verabredet worden, zum Schiff hinaus zu begleiten, und bald schäumten die kleinen Fahrzeuge durch das Wasser hinaus, der Einfahrt in den Riffen zu.

Die beiden Indianer taten allerdings ihr möglichstes, mit dem europäischen Boote gleiche Fahrt zu halten, und arbeiteten, daß ihnen die schweren Tropfen von der Stirn liefen. Die langen Riemen der Matrosen waren aber doch kräftiger als die leichten, nur durch den Druck der freigehaltenen Hand geführten Ruder, und noch ehe sie die Riffe erreichten, hatte das Walfischboot schon wenigstens dreihundert Schritt Vorsprung gewonnen. Wie die Indianer endlich einsahen, daß sie mit den Bleichgesichtern nicht Schritt halten konnten, legten sie ganz gelassen ihre Ruder ein, um sich erst einmal ein wenig auszuruhen, drehten sich dann eine Zigarre aus dem frisch eingehandelten Tabak, den sie in den Streifen eines trockenen Bananenblatts geschickt einwickelten, und rieben hierauf mit zwei dazu mitgenommenen Stücken trockenen Guiavenholzes Feuer.

Das Walfischboot hatte schon seine Fracht an Bord gelöscht und wurde eben unter seinen Kranen hinaufgeholt, ehe sie die Ruder wieder ergriffen und ihm langsam nachfuhren. Sie kamen zeitig genug dorthin.

Tom war, als das Boot die Lucy Evans erreichte, hinter dem Harpunier her rasch an Bord geklettert. Noch wie sie anruderten, hörten sie die kleine Kompaßglocke acht Glasen – zwölf Uhr – schlagen, und als sie an Deck sprangen, stieg der Kapitän gerade nach genommener Observation in die Kajüte hinunter, um seine heute morgen erhaltene Beobachtung mit der jetzigen zu berechnen und dadurch seinen Chronometer zu kontrollieren. Die Lucy Evans war ein trefflich eingerichtetes, aber durch die lange Fahrt und kürzlich genommene Beute, von der die Spuren noch an Deck zu sehen waren, ziemlich arg zugerichtetes Schiff. Auch die Mannschaft, die herbeisprang, um die lang ersehnten Früchte und frischen Gemüse in Empfang zu nehmen und zum großen Teil in die Vorratskammern hinunter zu schaffen, Ananas und Bananen aber an Deck aufzuhängen, hatte ein verwildertes, liederliches Aussehen.

Die Leute, die jahraus und -ein mit schmutzigem Speck

und Tran umgehen, sind nur zu leicht geneigt, auf ihren Körper nicht die da gerade doppelt nötige Sorgfalt zu verwenden, und auch hier hatte der Kapitän so viel Ärger mit dem Volk gehabt, daß er es endlich aufgab, sie zu dem zu machen, zu dem er sie im Anfang heranzuziehen gehofft – zu ordentlichen Matrosen. Nur wenn ihm einmal einer gerade zur unrechten Zeit unter den Wind lief, kanzelte er ihn tüchtig ab und machte seinem Herzen für kurze Zeit in einer gerade nicht gewählten Zahl von Flüchen und Verwünschungen Luft.

„Ihr scheint wirklich ziemlich knapp an Mannschaft zu sein", sagte Tom endlich, der sich das Deck eine Zeitlang schweigend betrachtet hatte, zum Harpunier, „wenn sie das nämlich alle sind, die ich hier an Deck sehe, und ich glaube doch kaum, daß sich bei der Ankunft von solch frischem Gut viel unten gehalten."

„Ihr habt recht", sagte der Harpunier mürrisch, „das ist die ganze Bande, und ein nichtswürdigeres Gemengsel von Schneidern, Schustern und verlaufenen Handwerksburschen ist wohl noch nie an Bord eines ordentlichen Seeschiffes zusammen gefunden worden. Mit Müh und Not haben wir ihnen in den letzten zwei Jahren wenigstens das Rüdem beigebracht; ein volles Jahr hat es aber gedauert, ehe sie nur zusammen anzogen. Es war ein ordentlicher Skandal, und wenn wir oben in der Behringsstraße in der Nähe eines andern Schiffes lagen, schämten wir uns wahrhaftig ein Boot auszuschicken, und haben dadurch mehrere Fische verloren. Was das Takelwerk betrifft, können die Kerle noch jetzt kaum einen Reefknoten schlagen."

„Zum Auskochen sind sie gut", lachte Tom, „wenn nur die Offiziere ihre Sache verstehen."

„Offiziere? Ja, Harpuniere und Bootsteuerer haben wir vollzählig – einen Bootsteuerer noch ausgenommen, der unten krank liegt – aber keinen einzigen Zimmermann und keinen Schmied, und der erste Böttcher ist uns ebenfalls auf Hawaii davongelaufen. Es ruht ein wahrer Fluch auf dem alten Kasten, und wenn uns noch ein paar Boote ernstlich beschädigt werden, müssen wir wahrhaftig irgendeine amerikanische Küste anlaufen. Aber da kommt auch Euer Kanoe heran – die Burschen nehmen sich Zeit. – Ist doch ein faules Volk, diese Indianer!"

„Lieber Gott, wer kann's ihnen verdenken?" lachte Tom. „Die Natur gibt ihnen alles, was sie brauchen, mit vollen Händen, ohne daß sie nötig hätten, sich dabei zu rühren. Übrigens sind sie lebendig genug, wo sie wirklich etwas interessiert, und ich glaube auch größerer Leidenschaft und Regsamkeit fähig, wenn sich ihnen wirklich eine notwendige Gelegenheit dazu bieten sollte. So lange die ausbleibt, lassen sie sich eben gehen. – Aber kommt da nicht Euer Kapitän? Wie heißt er?"

„Rogers. – Ihr werdet Euer Kanoe wohl nicht brauchen, denn ich bin überzeugt, er schickt die Boote gleich wieder hinüber, um das Holz abzuholen."

„Rogers?" rief Tom, „ich glaube wahrhaftig, das ist ein alter Bekannter. Welches Schiff hatte er früher?" setzte er rasch hinzu, ohne den Blick von dem jetzt eben an Deck kommenden Kapitän zu wenden.

„Den Bonnie Scotchman, wenn ich nicht irre," lautete die Antwort.

„Alle Teufel!" murmelte Tom halblaut vor sich hin und warf wie unwillkürlich den Blick nach dem eben anlegenden Kanoe hinunter. Der Harpunier war indessen auf den Kapitän zugegangen, um ihm sowohl Bericht von dem abgeschlossenen Handel mit Früchten und Gemüsen abzustatten, als auch von dem Holz zu sagen, das fertig geschlagen und ausgetrocknet drüben am Strande liege und eben nur an Bord geholt zu werden brauche.

„Das ist vortrefflich, Mr. Hobart", sagte der Kapitän rasch, „besser können wir es uns gar nicht wünschen – und der Preis?"

„Ist auch mäßig – es wohnt ein Weißer drüben zwischen den Rothäuten, der die ganze Sache zu leiten scheint, und den ich deshalb gleich mit herübergebracht habe, damit Sie den Kauf selber mit ihm abschließen können. Da drüben steht der Mann."

„Desto besser, desto besser! Spricht er Englisch?"

„Es ist ein Schotte."

„O, vortrefflich! – Ah, guten Tag, Mister – Pest noch einmal – das Gesicht kommt mir verdammt bekannt vor!"

„Wie geht's, Kapitän Rogers?" fragte Tom, der rasch gefaßt, aber doch leicht errötend und etwas verlegen lächelnd auf ihn zuging. Er reichte ihm dabei die Hand, die jener langsam nahm, ihm jedoch immer aufmerksamer ins Auge sah. – „Sie kennen mich wohl kaum noch, wie? – Ja, ich bin braun geworden in den langen Jahren und unter der heißen Sonne hier."

„Waret Ihr nicht auf dem Bonnie Scotchman?"

„Allerdings."

„Zimmermann?" – Tom nickte. – „Und lief! mir auf Hawaii davon?"

Tom wurde blutrot im Gesicht, aber ein gutmütiges und doch halb verschmitztes Lächeln durchzuckte dabei seine Züge, als er erwiderte:

„Und Sie hätten mich beinahe wieder erwischt, denn die nach mir ausgeschickten Eingeborenen waren mir ein paarmal dicht auf den Fersen. Fünfzehn Stunden habe ich einmal bei einem furchtbaren Regenguß in dem Wipfel einer Palme zugebracht."

„Vier Tage bin ich Euch zuliebe damals an der verdammten Insel liegen geblieben und habe indessen nicht allein den Fang versäumt, sondern mich auch nachher die ganze übrige Reise mit dem Esel von zweiten Zimmermann behelfen müssen.

„Es war vielleicht nicht recht damals, Kapitän Rogers", gestand Tom ehrlich ein, „aber das Land lachte gar zu verlockend herüber, und Sie wissen selbst, was für ein grober, ungerechter Mensch Ihr damaliger erster Harpunier war. Er brachte uns fast alle zur Verzweiflung und trieb die meisten vom Schiff, wo sich ihnen nur die geringste Gelegenheit dazu bot."

„Das ist keine Entschuldigung, Mr. – wie war doch Euer Name gleich?"

„Tom Burton."

„Ach ja – Mr. Burton, das ist gar keine Entschuldigung. Ihr hattet Euch mir und dem Reeder für die ganze Fahrt verpflichtet und waret nicht allein uns, sondern auch Euren Kameraden schuldig, daß Ihr bliebt. Ihr wißt recht gut, daß auf einem Walfischfänger die ganze Mannschaft gemeinsamen Anteil an dem Fang hat, den Fang aber nicht betreiben kann, wenn ihr die wichtigsten Handwerker dazu, Zimmermann und Böttcher, an Bord fehlen. Da wir alle an Bord umsonst herumfahren würden, wenn die Boote nicht hinaus- und an Fische festkämen, so ist das Instandhalten eben dieser Boote auch eine der wichtigsten Sachen an Bord eines Walfischfängers, und deshalb gerade werden die Zimmerleute engagiert und verpflichtet. Sobald sie ihren Kontrakt brechen, gefährden sie den Fang des ganzen Schiffs und ziehen nicht allein dem Reeder, der das Schiff ausgerüstet hat, ungeheure Verluste zu, sondern schneiden auch der ganzen übrigen Mannschaft, vom Kapitän hinunter bis zum Schiffsjungen, die Möglichkeit eines Verdienstes ab. Und zum Spaß treiben wir uns doch wahrhaftig auch nicht drei und vier Jahre bald zwischen

Eisschollen, bald unter einer solchen Sonne umher, und lassen Weib und Kind indes zu Hause."

„Sie haben vollkommen recht, Kapitän", sagte Tom, der jetzt ganz ernst und eher etwas blaß geworden war. „Hier und da liegt auch der Fehler wohl mit an den Offizieren, die ihre Macht zu sehr mißbrauchen. Ich weiß allerdings, daß an Bord eines solchen Fahrzeugs ebenso gut wie an Bord eines Kriegsschiffes unbedingte Subordination herrschen muß, wenn nicht Schiff und Mannschaft darüber zugrunde gehen sollen. Aber die Herren – und Ihr früherer erster Harpunier war ein solcher, Kapitän Rogers – glauben manchmal, daß sie mit ihren Untergebenen eben nach Willkür machen können, was sie wollen – widersetzen darf sich ihnen ja doch niemand – und mißbrauchen dann die ihnen erteilte Würde ebenso zum Schaden des Schiffs, wie es der Untergebene tut, der sich solcher ihm lästig oder unerträglich werdenden Herrschaft durch die Flucht entzieht."

„Mr. Williams war einer der tüchtigsten Offiziere, die es geben kann, und ein ausgezeichneter Walfischfänger."

„Ich will ihn nicht anklagen, um mich zu verteidigen, Kapitän Rogers", entgegnete Tom freundlich. „Junge Leute, wie Sie recht gut wissen, sind oft leichtsinnig, und ich war damals noch ein ganz junger, unerfahrener Bursch. Jetzt bin ich vernünftiger und denke anders, vernünftiger darüber."

„Es ist mir lieb, das zu hören", erwiderte der Kapitän, „noch dazu, da es selbst jetzt nicht zu spät ist, um das Geschehene wieder gutzumachen."

„Durch Holz wenigstens", lächelte Tom, „um Ihnen das Auskochen an Bord zu erleichtern. Sie scheinen schon eine hübsche Ladung Tran genommen zu haben?"

„Es geht an," sagte der Kapitän, immer noch zurückhaltend, und fuhr dann in dem früheren Thema fort: „So ist es auch diesmal mit den Leuten, und trotzdem wir ganz vortreffliche und ruhige Offiziere an Bord haben – welchem Umstand Ihr großen Einfluß auf die Mannschaft zuschreibt – haben eine große Anzahl, und unter ihnen sogar beide Zimmerleute und der erste Böttcher heimlich und widerrechtlich das Schiff verlassen und uns in die peinlichste Verlegenheit gebracht."

„Hm, das ist allerdings fatal."

„Desto mehr", sprach der Kapitän ruhig, „freue ich mich, daß uns der Zufall zu so günstiger Zeit wieder zusammengeführt hat. Ihr hättet zu keiner gelegeneren Stunde an Bord zurückkommen können."

„Nur mit dem Unterschied," lächelte Tom, der aber doch fühlte, daß ihm das Herz dabei stockte, denn er ahnte, was der Kapitän mit den Worten meinte, „daß ich nicht an Bord gekommen bin, um wieder zu fahren, sondern Ihnen nur mein Holz am Strand zu verkaufen."

„In welcher Absicht bleibt sich ziemlich gleich", erwiderte der Kapitän mit einem leichten, aber nichts Gutes weissagenden Lächeln um die zusammengepreßten Lippen. „Ich will übrigens das Geschehene vergessen sein lassen und Euch die damals versäumten Tage bei dem, was wir künftig fangen, nicht in Anrechnung bringen. Euer früherer Anteil hat auch schon zum Teil dafür bezahlt."

„Künftig fangen, Kapitän?" sagte Tom, der sich gewaltsam zwang, ruhig zu bleiben; „ich glaube nicht, daß ich je wieder auf den Walfischfang ausgehe. Ich bin älter seit der Zeit geworden und ruhiger, und habe mir außerdem auch noch eine der Töchter dieses Landes zur Frau genommen. Dort unter den Palmen steht meine eigene Heimat, lebt meine Familie, und die darf ich schon nicht mehr verlassen, wenn ich selber wollte."

„Familie? Bah!" meinte der Kapitän, „Hab' ich etwa

keine Familie zu Hause? Das ist das Schicksal der Seeleute, daß sie die jahrelang entbehren müssen. Desto besser gefällt es ihnen aber auch dafür, wenn sie wieder nach Hause kommen."

„Mag sein – die Ansichten sind verschieden", brach Tom das Gespräch, das ihm peinlich zu werden begann, kurz ab. „Jetzt, Kapitän, möcht ich Sie bitten, zu bestimmen, was und wie viel Sie von dem Holze brauchen – und hier," setzte er lächelnd hinzu, „hab' ich auch noch einige Kleinigkeiten mitgebracht, die meine Frau gearbeitet, und von denen sich die Offiziere vielleicht einiges mit nach Hause nehmen. Das Körbchen hier, Kapitän Rogers, möchte ich Sie bitten, zum Andenken an mich zu behalten."

Der Kapitän zögerte, es zu nehmen, stellte es aber dann neben sich auf das Gangspill und sagte:

„Wir wollen das nachher zusammen abmachen. – Wie viel Holz habt Ihr drüben?"

„Sechs Klafter."

„Und der Preis?"

„Ich bin beauftragt, Handelsartikel dafür einzutauschen."

„Gut. Mr. Hobart", sagte der Kapitän zu dem jetzt nahetretenden Offizier, „das Holz wäre mir allerdings erwünscht, wenn ich es an Bord hätte, aber – wir wollen uns nicht so lange damit aufhalten. Nehmen Sie Ihr Boot und das des zweiten Harpuniers und fahren Sie damit an das Land. Die Leute mögen da einladen, was sie herüberschaffen können. Wir sehen dann, wie viel es beträgt, und können Mr. Burton den gewünschten Preis dafür auszahlen."

„Es ist mir dann lieber, daß ich mit hinüberfahre", sprach Tom ruhig, „denn wenn Sie so wenig nehmen, wünschte ich gern, daß Sie das trockenste bekämen."

„Das wird sich Mr. Hobart schon aussuchen."

Die Boote waren im Augenblick niedergelassen, die dazu bestimmte Mannschaft sprang hinein, und nur der erste Harpunier zögerte noch. Er war zum Kapitän hingegangen und sagte leise:

„Lieber war' es mir, der Schotte führ' mit hinüber – ich verstehe die Sprache der Leute nicht."

„Sie müssen schon sehen, wie Sie durchkommen", entgegnete ihm ebenso leise der Kapitän. „Der Schotte bleibt an Bord – setzen Sie den dritten Harpunier, Mr. Elgers, davon in Kenntnis."

Der Harpunier erwiderte nichts darauf, aber der überraschte Blick desselben, der fast unwillkürlich nach dem Schotten hinüberflog, wurde von
diesem ebenso schnell aufgefaßt und verstanden, und wie mit einem Messer stach dem armen Teufel das Bewußtsein der Gefahr ins Herz, der er sich hier plötzlich ganz freiwillig preisgegeben. – Aber der Kapitän durfte doch auch nicht wagen, jetzt noch, nach so langen Jahren, Gewalt gegen ihn zu brauchen. – Und wenn er es doch tat? Wer hier auf der weiten See sollte ihn daran verhindern oder sich des Schutzlosen annehmen.

Mißtrauisch überlief sein Blick das Deck, aber er hütete sich wohl, die mindeste Furcht zu zeigen. Dabei konnte es ihm jedoch nicht entgehen, daß der erste Harpunier, ehe er in das Boot stieg, rasch ein paar Worte mit dem dritten Harpunier wechselte, und dieser warf ebenfalls einen überraschten, flüchtigen Blick nach ihm hinüber. Er wußte jetzt, er war ein Gefangener – aber was jetzt tun? An Flucht mit dem Kanoe war nicht zu denken – er hatte vorher schon gesehen, wie viel rascher die Seeleute mit dem schwer mit Früchten beladenen Walfischboot gefahren waren; das leichte leere Boot hätte sie eingeholt, ehe sie zwei Schiffslängen entfernt gewesen wären. Gewaltsame Befreiung? An dieser Seite der Insel lagen nur drei Kanoes, und was hätten die unbewaffneten Indianer, selbst wenn sie sich seinetwegen hätten schlagen wollen, gegen die Mannschaft eines Walfischfängers ausrichten können? – Die einzige Möglichkeit blieb, die Eingeborenen zu veranlassen, die Mannschaft der beiden Boote, oder wenigstens die Offiziere, gewissermaßen als Geiseln zurückzuhalten, bis er selber ausgeliefert wäre; aber dann mußte er das Kanoe jetzt fort und ans Land schicken.

Der Kapitän hatte ebenfalls hinten am Steuer mit dem dritten Harpunier gesprochen und stieg jetzt in seine Kajüte nieder, den früheren Ausreißer scheinbar vollkommen frei und sich selbst überlassend. Tom kannte aber viel zu gut die strenge Subordination eines Walfischfängers, wo besonders der Ruf zu den Booten im Nu ausgeführt wurde. Die einzige Möglichkeit einer Rettung blieb in der Tat noch das Festnehmen der Offiziere am Ufer, und als Tom das erst einmal erkannt, beschloß er auch, es so rasch wie möglich auszuführen.

Alohi lehnte, seine Zigarre rauchend und mit keiner Ahnung der Gefahr, die dem Gatten seiner Schwester drohte, an Bord und betrachtete sich mit besonderer Aufmerksamkeit das künstliche, durcheinander schießende Tauwerk des Schiffes, welches ihm jedenfalls das größte Interesse bot. Tom näherte sich ihm und sagte mit gedämpfter, aber nichts destoweniger ängstlich gepreßter Stimme?

„Alohi – die weißen Männer wollen Tomo an Bord behalten."

„Ati!" rief Alohi erstaunt.

„Ruhig! Laß niemand merken, daß ich dir ein Wort davon gesagt, aber wenn du von mir den Befehl erhältst, an Land zu rudern, so tue das, so rasch ihr das Kanoe vorwärts treiben könnt. Versichert euch dort augenblicklich des Mannes, der heute morgen die Matrosen hinüberbrachte, schafft ihn ins Innere und gebt ihn nicht heraus, bis ich wieder an Land und in Eurer Mitte bin."

„Matoi!" sagte der junge Bursch, dessen Augen in dem willkommenen Auftrag leuchteten, „soll ich jetzt gehen?"

Tom warf einen Blick nach der Schanze zurück. Der dritte Harpunier lehnte über Bord und schien gar nicht auf ihn zu achten – wenn nun sein Verdacht unbegründet war? – Aber er gab sich dieser Täuschung nicht lange hin, denn er kannte seine Leute.

„Ich werde zu dem Mann dort hinten gehen und mit ihm sprechen", sagte er jetzt wieder. „Sobald er nicht mehr über Bord sieht, stößt du ab und ruderst langsam hinüber. Erst wenn ihr den Eingang der Riffe erreicht habt, – denn mit dem Vorsprung können sie euch nicht wieder einholen, – mache dein Kanoe über das Wasser fliegen."

„Aber warum fährst du nicht lieber gleich mit?" fragte der Indianer erstaunt, „es hält dich niemand."

„Jetzt nicht – aber der Befehl ist schon gegeben, mich nicht von Bord zu lassen. Daß ihr glücklich an Land kommt, ist die einzige Möglichkeit, mich noch zu retten."

Der Indianer erwiderte weiter kein Wort, und Tom wandte sich ebenfalls langsam von ihm ab und schritt dem hinteren Deck zu, auf dem der Harpunier noch immer über Bord lehnte.

„Seid Ihr recht glücklich gewesen, Sir, auf Eurer letzten Fahrt?" knüpfte hier Tom ein Gespräch mit ihm an; „das Schiff muß schon eine hübsche Ladung einhaben, es liegt ziemlich tief im Wasser."

„Es geht an", antwortete ihm der Harpunier, indem er sich zu dem Frager umdrehte. Wir haben schon etwas über 3000 Tonnen Tran ein, und etwa 50000 Pfund Barten. Wenn sich's nur halbwege macht, können wir in der nächsten Jahreszeit voll werden. – Es ist auch Zeit", setzte er dann mürrisch hinzu, „wir treiben uns nun schon fast drei

Jahre hier draußen herum."

„Das ist recht lange", sagte Tom, mit dem Kopf nickend, „da wird mancher an Bord das Heimweh bekommen haben. Ich weiß nicht – wenn man erst einmal eine Zeitlang an Land ist –"

„Sagt einmal den Leuten dort in dem Kanoe, daß sie nicht abstoßen", unterbrach ihn da der Harpunier, indem er den Blick wieder über Bord warf. „Der Kapitän hat befohlen, daß sie warten, bis die Holzboote zurück sind."

„Das Kanoe? Der Kapitän hat, so viel ich weiß, dem wohl nichts zu befehlen", erwiderte Tom, dem das Blut ins Gesicht schoß.

„An Bord, wißt Ihr, Kamerad, hat ein Kapitän wohl so ziemlich über alles zu befehlen", erwiderte der Harpunier ruhig. „Bitte, ruft die Leute zurück – Ihr wißt recht gut, daß sie das Walfischboot in ein paar Minuten wieder einholen würde. Was sollen sie an Land?"

„Sie wollen, so viel ich weiß, noch mehr Früchte holen."

„Das ist unnütz, die Boote bringen schon alles mit, was wir noch etwa brauchen könnten. Seid vernünftig, Freund, und ruft sie zurück! – Dritte Bootsmannschaft, steht bei eurem Boot!" rief er zugleich mit lauter, aber vollkommen ruhiger Stimme über Deck, und die Leute, mit dem Bootsteuerer an der Spitze, standen wenige Minuten später an den Fallen, an denen das kleine Fahrzeug unter seinen Kranen hing. – Es bedurfte nur noch eines Wortes oder Zeichens, und es glitt auf das Wasser nieder.

Tom sah ein, daß ihm dieser Ausweg abgeschnitten sei, aber er wollte es noch nicht zum Äußersten kommen lassen.

„Alohi!" rief er mit einem eigentümlichen schrillen Ruf über das Wasser hinüber dem kaum hundert Schritt entferntem Kanoe nach. Die Indianer, die drin ruderten, drehten den Kopf nach ihm um. – „Kommt an Bord zurück!" – Die Eingeborenen ließen die Ruder im Wasser, zögerten aber noch dem Befehl Folge zu leisten.

„Kommt zurück!" rief Tom noch einmal, „aber legt nicht an Bord an, sondern haltet euch nur dicht neben dem Schiff."

Er hatte einen neuen Plan gefaßt, so verzweifelt dessen Ausführung ihm auch selber schien. Die Indianer gehorchten jetzt, und der Harpunier, die Bootsmannschaft wieder an ihre Arbeit schickend, lehnte sich wie vorher nachlässig an die Schanzkleidung des Schiffs.

„Ihr werdet begreiflich finden, Sir," sagte der Schotte endlich, der entschlossen war, zu wissen, wie er mit dem Schiffe stand, „daß ich nicht recht einsehe, weshalb Ihr das Kanoe verhindern wollt, zu gehen, wohin es ihm beliebt."

„Und wollt Ihr denn nicht wieder mit dem Kanoe zurückfahren?" lächelte der Seemann.

„Allerdings will ich das"

„Nun gut, dann dürfen wir es doch nicht von Bord lassen. Glaubt Ihr, daß Euch der Kapitän in einem seiner Boote an Land fahren ließe?"

„Ihr weicht mir nicht aus, Sir – welcher Befehl ist Euch über mich gegeben?"

„Welcher Befehl? – Keiner als der, Euch und die Indianer nicht vom Bord zu lassen, bis Ihr das Geld für das Holz in Empfang genommen habt."

Tom fühlte den Hohn in den Worten, – wußte, daß es Lügen waren, und der kalte Angstschweiß trat ihm bei dem Bewußtsein der Gefahr, in der er sich jetzt befand, auf die Stirn. Er biß die Unterlippe zwischen die Zähne und wandte sich, die Arme fest verschränkend, von dem Harpunier ab, daß dieser seine aufsteigende Bewegung nicht bemerken sollte. Nur eine Hoffnung, nur eine Aussicht zur

Flucht blieb ihm noch. Wenn es ihm gelang, das eine noch unter den Kranen hängende Walfischboot leck zu machen, daß sie ihm nicht mit dem folgen konnten, durfte er hoffen, mit dem Kanoe zu entkommen. Die anderen beiden Boote hatten das Land schon erreicht, und kurze Zeit reichte hin, sie mit Holz zu füllen. Dann waren sie aber auch zu schwerfällig, um eine Jagd unternehmen zu können, und außerdem wußte er eine andere Einfahrt in die Riffe, die, in sich selbst geschlossen, aus dem dortigen Binnenwasser nicht einmal erreicht werden konnte.

Hier galt es jetzt, das Äußerste zu wagen; der Feind durfte aber auch keinen Verdacht fassen, sein Plan wäre ihm sonst gleich von vornherein vereitelt worden. Langsam ging er deshalb wieder mehr nach vorn, von wo er seinem Schwager die nächsten Verhaltungsregeln zurufen und ihn von dem, was er beabsichtigte, in Kenntnis setzen konnte. Die Einfahrt in die Riffe, aus der sie herausgekommen, war etwa der halbe Weg zwischen dem Land und dem Schiff, und allerdings mußte er dort ziemlich nahe vorbei. In den Booten konnten sich aber die Leute, wenn sie Holz geladen hatten, nicht so gut bewegen; nur deshalb die Einfahrt passiert, und er brauchte kaum zu fürchten, daß er noch eingeholt werde. Außerdem lag noch ein Ruder im Kanoe, und drei, wenn es galt, konnten das leichte kleine Fahrzeug auch wohl rascher vorwärts treiben, als es vorhin geschehen war.

Das Herz schlug ihm, als ob es die Brust zerschmettern wollte, aber er biß die Zähne fest zusammen, und wieder zum Schanzdeck zurückschreitend, ging er dort, als ob er jetzt gesonnen wäre, die Rückkunft der Boote ruhig abzuwarten, langsam auf und ab.

Der Harpunier hatte sich indessen ebenfalls aus seiner lehnenden Stellung aufgerichtet und war zu Backbord, wo das Boot unter den Kranen hing, auf und ab gegangen. Ein

Blick, den er über Bord warf, überzeugte ihn, daß die Indianer ruhig in ihrem Kanoe saßen und nur langsam mit der Strömung zurücktrieben. Das Schiff hatte seine großen Segel auf, die Brise war aber so schwach, daß sie eben die Strömung der Flut stemmten und sich etwa auf einer Stelle hielten.

Der Wind hatte ein klein wenig aufgeräumt, und es war nötig geworden, die Brassen zu Starbord etwas anzuziehen – der Harpunier ging dort hinüber und rief die Mannschaften. – Das war der entscheidende Moment. – Tom stand dicht neben dem Walfischboot – mit einem Satz war er auf der Schanzkleidung, hatte das in jedem unter den Kranen hängenden Boot vorn befestigte Handbeil ergriffen und herausgerissen, und ein einziger Schlag an das scharf angespannte Tau oder Fall, das es auf dieser Seite hielt, machte, daß es, während es hinten noch gehalten wurde, vom herunter und gegen den Schiffsbord anschlug.

„Hierher – alle! – Hilfe! hierher!" schrie der Harpunier und sprang selber, eine Handspeiche aufgreifend, auf den kecken Schotten zu – aber er kam zu spät. Mit einem Satz die Schanzkleidung entlang war Tom am andern Kran, ein Schlag seines haarscharfen Tomahawks traf in die dünnen Planken des so schon durch den Sturz arg beschädigten Bootes, und das Beil war so tief hineingefahren, daß er es nicht einmal mit demselben Ruck wieder heraus bekommen konnte. Daran lag ihm aber auch nichts; in der Verteidigung suchte er seine Rettung nicht, nur in der Flucht. Mit weitem Sprung deshalb von der Schanzkleidung nieder über Bord, sank er im nächsten Moment schon in die blaue, über ihm zusammenschlagende Flut, kaum zwanzig Schritt von dem Kanoe hinein, das jetzt mit Blitzesschnelle nach ihm hinüber hielt.

Wilde Flüche und Verwünschungen schallten hinter ihm

drein von Bord. Während der Kapitän aber an Deck sprang und die Bootsmannschaft nach dem zertrümmerten Boote flog, um es so rasch wie möglich wieder aufzuholen und instand zu setzen, zog der dritte Harpunier– der recht gut einsah, wie klug der Flüchtling seine Lage überschaut und seine Aussicht berechnet hatte – die unter die Gaffel niedergeholte Flagge auf. Dadurch gab er ein Zeichen, und der erste Harpunier wußte, was das bedeutete.

Tom war indessen rasch wieder nach oben gekommen, und ehe nur die Mannschaft an Bord einen Entschluß fassen oder etwas mit dem mißhandelten Boot anfangen konnte, erreichte er die Spitze des Kanoes und schwang sich mit Alohi's Hilfe hinein. Sein erster Blick aber war nach dem Schiff zurück, an dessen Gaffel eben die englische Flagge emporstieg – sein erster Griff nach dem neben ihm liegenden Ruder, das er rasch erfaßte und brauchte, und die drei Männer wußten jetzt, daß ihre glückliche Flucht allein in der Kraft ihrer Arme lag.

„Halt dort!" schrie der Kapitän, der sich das schon sicher geglaubte Opfer in so kecker Weise unter den Händen fort wieder entzogen sah, „halt oder ich schieße euch über den Haufen!" Seine Drohung war aber machtlos; er hatte nicht einmal ein Gewehr zur Hand, und nur eine von dem Bootsteuerer mit nach hinten gebrachte Harpune aufgreifend, schleuderte er sie in blinder Wut hinter dem schon wenigstens hundert Schritte entfernten Kanoe her. Sie durchflog nicht die halbe Entfernung und verschwand zischend unter der Oberfläche.

Vorn am Bug des Kanoes aber schäumte die klare Flut, und das schlanke leichte Fahrzeug hätte, von den kräftigen Rudern getrieben, wie ein Pfeil über die See dahinfliegen müssen, wäre ihnen bei der raschen Fahrt der sogenannte Luvbaum nicht im Weg gewesen.

Die Kanoes der Eingeborenen, die aus einem ausgehauenen Baumstamm bestehen, würden nämlich auf offener See und bei dem geringsten Wellenschlag, der sie seitwärts träfe, dem Umschlagen leicht ausgesetzt sein. Das zu verhindern, befestigen sie auf einer Seite, mit über dem Kanoe angeschnürten Querhölzern, ein Stück sehr leichtes Holz, etwa bis zehn Fuß lang, das, vielleicht vier Fuß vom Kanoe entfernt, neben ihm auf dem Wasser schwimmt. Dieses hält dasselbe allerdings so vortrefflich im Gleichgewicht, daß es selbst ziemlich schweren Wogen Trotz bieten kann, hemmt es aber auch natürlich in seinem Lauf. Auf übergroße Schnelle kommt es freilich den Indianern selten an, sie wollen nur sicher und bequem fahren, und diesen Zweck erreichen sie dadurch vollkommen.

Toms kühner Angriff auf seinen gefährlichsten Feind an Bord – das Walfischboot – war übrigens so vollkommen geglückt, daß er von dort aus nicht das mindeste zu fürchten hatte – das Zeichen ausgenommen. Das Boot war für die nächste Zeit vollkommen unbrauchbar, denn es hatte sich, außer dem Schlag, den er mit dem Tomahawk hineingeführt, durch den Sturz auch noch eine der Planken losgerissen, – aber die Flagge! Er wußte recht gut, daß die Leute an Land stets ein aufmerksames Auge auf das Schiff richten, und wenn die beiden Boote dem jetzt rasche Folge leisteten Doch hoffentlich hatten sie sich schon mit ihrer Holzladung beeilt und mochten auch gewiß nicht ganz leer zurückkehren. Keineswegs konnten sie wissen, was hier vorgegangen, und die aufgezogene Flagge war ihnen höchstens nur ein Zeichen zu rascher Rückkehr. Das Innere der Bai ließ sich vom Kanoe aus allerdings nicht eher übersehen, bis sie die Einfahrt passierten, da die Brandungswellen der Riffe wie eine Mauer dazwischen lagen. Hatten sie die erst einmal erreicht, dann wurde ihnen auch die jetzt entgegenkommende Strömung günstig.

Kein Wort wechselten indessen die drei Männer miteinander, und selbst die sonst lässigen Indianer legten sich mit aller Kraft ihrer Sehnen in die Ruder. Jetzt waren sie in einer Höhe mit der Einfahrt – noch eine Bootslänge und sie mußten den Landungsplatz ihrer Hütten erkennen können lagen die Boote noch dort, so waren sie gerettet.

„Da kommen sie!" rief Alohi und deutete mit dem Ruder hinüber.

„Vorwärts!" lautete der zwischen den zusammengebissenen Zähnen durchgegebene Befehl des Schotten, und in demselben Augenblick verhüllte auch die nächste Brandungswelle der Einfahrt wieder die weitere Aussicht.

Die beiden Walfischboote hatten während der zuletzt beschriebenen Vorgänge das Land erreicht, und der Harpunier, den der Kapitän mit wenigen Worten davon in Kenntnis gesetzt, daß er nicht gesonnen sei, seinen ihm früher entlaufenen Zimmermann wieder freizulassen, war beauftragt worden, nur wenigstens etwas des sehr notwendig gebrauchten Holzes an Bord zu nehmen und so rasch wie irgend möglich zurückzukommen. Natürlich durften die Eingeborenen nicht erfahren, was sie beabsichtigten, denn so gern sie sonst entlaufene Matrosen auslieferten, hätten sie die Wegführung eines jetzt vollkommen zu ihnen gehörenden Weihen doch am Ende nicht gutwillig zugegeben.

Der Kapitän hatte dabei geglaubt, den Schotten ohne die geringste Schwierigkeit an Bord halten zu können; im Guten natürlich so lange wie möglich, sobald das aber nicht anging, mit Gewalt. Einem vollbemannten Walfischboot hätte er sich ja doch nicht, selbst wenn er die Flucht im Kanoe wagte, widersetzen können. Dabei war es ihm fatal, dem solcher Art überlisteten Opfer lange Rede und Antwort zu stehen – er wußte, er hatte gesetzlich kein Recht, ihn zu halten, denn auf dies Schiff hatte er sich nie verdungen, und er schämte sich vielleicht der Gewalt dem Schwächeren gegenüber. Der wachthabende Harpunier bekam jedoch strenge Ordre, ihn gleich durch Aufstampfen an Deck herauszurufen, sobald der Schotte sich ernstlich widersetzen sollte. In der Ausübung seiner Gewalt an Bord konnte er dann auch jedes unangenehmen Gefühls leichter Herr werden. Daß der Zimmermann auf solche Art seine Flucht versuchen könne, war ihm nicht eingefallen.

Mr. Hobart stand indes am Strand und trieb die Eingeborenen zur Eile an, das Holz herbeizuschaffen. Das ging nur nicht so rasch, denn erstlich war er ihrer Sprache nicht mächtig, und dann haben diese Leute auch wirklich gar keinen Begriff von Zeit und kennen deshalb auch keine Eile. Was bei ihnen heute nicht fertig wird, bleibt eben auf morgen liegen, das ist der ganze Unterschied, und der morgende ein ebenso guter Tag dafür. Daß die fremden Boote übrigens anders dachten, war ihnen schon von früher her bekannt – die machten immer, daß sie nur so rasch wie möglich wieder fortkamen. Daher, und weil Tomo sich ja auch noch draußen an Bord befand und alles Übrige schon abmachen würde, verstanden sie sich endlich dazu, das Holz aus dem Schatten der Waldung heraus bis auf den Sand zu werfen. Während einige dreißig Mann, von allen Frauen und Mädchen begleitet, die sich um sie her lagerten und ihnen zuschauten, lachend und miteinander schwatzend an die Arbeit gingen, bildete der Harpunier aus seinen Leuten, mit einem andern Teil der Eingeborenen, zwei Ketten, um sich die Scheite einander bis an die Boote zuzuwerfen. Die Bootssteuerer legten es dort so ein, daß es später den Rudernden nicht im Wege sein sollte.

Scheit nach Scheit folgte solcher Art ziemlich rasch einander und wurde in beiden Booten zugleich untergebracht. Noch waren aber dieselben nicht zur Hälfte gefüllt, als der zweite Harpunier, der die eine Kette unter seiner Aufsicht hatte, die wehende Flagge an Bord bemerkte und seinen Vorgesetzten darauf aufmerksam machte.

„Alle Teufel!" rief dieser, „da ist etwas vorgefallen!" – In eure Boote, Leute – rasch – wir müssen erst sehen, was es ist – in eure Boote, sag'ich!"

„Und das Holz?" fragte der zweite Harpunier.

„Mögen die Faulenzer indessen zum Strand schaffen", rief der erste. Das bißchen Bewegung wird ihnen überhaupt ganz heilsam sein."

Während die Leute, dem Befehl gehorsam, auf ihre Plätze sprangen, sahen die Eingeborenen ganz erstaunt die so plötzlich aufgegebene Arbeit an. Daß ihnen der Harpunier dabei mit Zeichen bedeutete, nur ungehindert fortzutragen, bis er zurückkomme, machte auch keinen weiteren Eindruck auf sie. Wenn er zurückkam, war es eben noch Zeit genug, und sie sammelten sich jetzt noch am Strand, um den rasch abstoßenden Booten nachzuschauen. Im ganzen war es ihnen übrigens recht; brauchten sie doch jetzt vorderhand nicht länger Holz zu schleppen, und wenn die Weißen das andere haben wollten, würden sie schon wiederkommen. Kamen sie aber nicht, nun, so brachte Tomo die Waren für das mitgenommene Holz zurück.

„Wetter noch einmal!" sagte der Harpunier, der vorn auf der Bank seines kleineren Bootes stand und nach dem Schiff hinüber zu sehen versuchte, „ich möchte nur wissen, was der Alte hat. Wenn er uns noch eine Viertelstunde drüben ließ, waren wir mit allem fertig, und nachher haben wir das verdammte Anlaufen gleich an der nächsten Insel wieder. Da soll immer Zeit gespart werden und wird nur mehr verwüstet."

„Am Ende ist etwas mit dem „frischen Matrosen" vorgefallen", lachte der Bootssteuerer.

„Nun, mit dem einen Mann und den paar roten Jungen werden doch die zwölf oder dreizehn Menschen, die noch an Bord sind, wohl fertig werden," brummte der Seemann mit einem halb verbissenen Fluch durch die Zähne. „Das ist überhaupt fauler Kram, und ich wollte – aber was geht's mich an – was er tut, mag er auch verantworten."

Die Boote hatten indessen keinen besonders schnellen Fortgang gemacht, da das Holz den Rudernden im Wege war. Nur die ausgehende Ebbe begünstigte sie, und sie näherten sich eben der Ausfahrt, als der alte Harpunier die Flüchtigen erblickte, die eben in wilder Eile an der Einfahrt vorbeiruderten.

„Verdamm mich –" rief er, „da geht das Kanoe! – Legt euch in die Riemen, Jungen, daß wir nachkommen! Weshalb zum Teufel, setzen sie denn da nicht mit ihrem Boote nach?"

„Vielleicht sind sie hinterher – wir können sie nur von hier aus noch nicht sehen", warf der Bootssteuerer ein.

„Hol der Henker das verdammte Holz!" fluchte der Harpunier wieder, „die Leute können sich nicht rühren – werft den Bettel über Bord – doch nein – laßt uns erst draußen sein, daß wir den Platz übersehen können."

Das wäre auch leichter gesagt als ausgeführt gewesen, denn wenn sie das Holz über Bord werfen sollten, mußten sie indessen die Ruder ruhen lassen. Schärfer griffen sie aus, und es dauerte nicht lange, so erreichten sie die Einfahrt in die Riffe, an denen hin sie jetzt das Kanoe flüchtig abgehen sahen. Der Harpunier, der sein kleines Fernrohr bei sich hatte, erkannte aber damit den Schotten, und wenn er auch noch nicht begriff, wie das alles gekommen sein konnte, so wußte er doch, was der Kapitän von ihm wollte, und folgte seiner Pflicht.

Der in der Richtung nach dem Kanoe hin ausgestreckten Hand, das Zeichen für den Steuernden, gehorchte dieser augenblicklich, der Bug des Bootes flog heran, und während die Leute ihr möglichstes taten, rascher vorwärts zu kommen, sprang der Harpunier mitten ins Boot hinein und schleuderte selber alle Stücke Holz, die nur irgend den Rudern im Wege lagen, über Bord. Ein Blick auf das Schiff zeigte dabei, daß er die Absicht des Kapitäns erfüllte, denn die Flagge war wieder eingezogen worden, und die Lucy Evans wendete sich sogar und setzte die oberen Segel, um der Jagd so nahe wie möglich zu bleiben.

Je mehr Holz der Seemann hinauswarf, desto leichter wurde das Boot, desto rascher schoß es vorwärts, und es war schon augenscheinlich, daß sie sich dem verfolgten Kanoe näherten. Eine andere Einfahrt in die Riffe, der dasselbe jedenfalls zustrebte, war auch noch nicht zu sehen, oder lag wenigstens von der Brandung verdeckt, und Tom erkannte bald zu seinem Entsetzen, daß die Gefahr, wieder genommen zu werden, mit Riesenschritten über ihn hereinbreche. – Aber die Einfahrt lag gar nicht mehr so fern, und so schmal war diese, daß ihm das Boot kaum wagen durfte, dahinein zu folgen, noch dazu, da es an dieser selben Stelle nie hätte wieder ausfahren können. Die offene See wieder zu erreichen, mußte es einen weiten Umweg machen, und zwar im Binnenwasser hin, an der volkreichsten Stelle der Insel vorbei, von wo aus ihm Toms jetzige Landsleute doch vielleicht Hindernisse in den Weg legen könnten. Nur jene Einfahrt vor dem Boot zu erreichen, war jetzt die Aufgabe, und das schien nur möglich, wenn sie den hindernden Luvbaum abwarfen.

Ein paar rasch mit Alohi gewechselte Worte erhielten dessen Zustimmung, und Tom riß das Messer, das er noch vom früheren Seeleben an der Seite trug, heraus, um den

Bast zu durchschneiden, mit dem die Querstücke daran befestigt waren. Das war im Nu, wenigstens dort, wo er saß, geschehen, der Luvbaum war indes hinten sowohl als vorn befestigt. Während er aber das Querstück mit der Hand hielt, um sein Messer Alohi zurückzureichen, fuhr ihm das glatte Holz, gegen das die Flut jetzt preßte, unter der Hand weg. Das Kanoe, noch von den beiden andern Rudern fast mit derselben Schnelle vorwärts getrieben, bekam durch das gegen das Wasser stemmende Querholz eine andere Richtung und schoß, aus seinem Kurs abdrehend, gerade gegen die Brandungswellen zu.

Alohi beseitigte allerdings mit zwei kräftig geführten Schnitten das Hindernis, aber das schmale Fahrzeug kam dadurch ins Schwanken, und die Indianer sowohl wie besonders Tom, die das Balancieren in so leicht beweglichem Kahn nicht gewohnt waren, brauchten mehrere Minuten, ehe sie nur wieder fest genug saßen, um den Bug desselben der vorigen Richtung zuzudrehen und von den drohenden Brandungswellen abzuwenden.

Das Walfischboot war in dieser versäumten Zeit auf kaum zweihundert Schritt herangekommen, und so nah klang das regelmäßige Ruderausheben in den Dollen desselben, daß Tom wieder und wieder scheu den Kopf danach zurückwarf. Einen Augenblick, als sich das Kanoe so plötzlich wandte, hatte der Harpunier allerdings schon geglaubt, das verfolgte Boot hätte irgendeine Einfahrt zwischen den Brandungswellen erreicht und wolle dieselbe benutzen, bald erkannte er aber die wahre Ursache, und ein triumphierendes Lächeln zuckte über seine Züge. Ihn selber dauerte der arme Teufel, den er hier wie einen Verbrecher wieder einfangen mußte, und er würde an des Kapitäns Stelle vielleicht anders gehandelt haben, aber der Reiz der Jagd riß ihn auch wieder so weit mit sich fort, daß er jetzt sein eigenes Leben mit Freuden in die Schanze geschlagen haben würde, nur um den Flüchtigen wieder in seine Gewalt zu bringen.

Es ist das oft ein wunderlicher Zwiespalt in unserem Herzen, von dem wir uns nur selten Rechenschaft zu geben wissen, und manchmal ist's, als ob irgendein Dämon mit unserem besseren Selbst ringe und kämpfe – und leider trägt der Teufel fast stets den Sieg davon.

Außerdem wäre es ja aber auch eine Schande gewesen, wenn ein Kanoe, von drei Rudern getrieben, seinem Boot, dem schnellsten an Bord, in dem vier Riemen mit äußerster Anstrengung geführt wurden, entkommen sollte. Er hätte sich ja geschämt, wieder an Bord zurückzukehren. Unterdessen warf er, mit diesen Gedanken beschäftigt, Scheit nach Scheit über Bord, daß ihm der Schweiß in hellen Tropfen von der Stirn lief.

„Das Kanoe hat den Luvbaum abgeworfen, um schneller vorwärts zu kommen!" rief jetzt der Bootssteuerer, der es ebenfalls bemerkt hatte, triumphierend aus. „Seht nur, wie sie hin und her schwanken. Wir gewinnen mit jedem Ruderschlag!"

„Hurra, meine Jungen!" schrie der Harpunier, „doppelten Grog heut Abend für euch, wenn ihr die Burschen einholt. Nur zehn Minuten, und sie sind unser!" –

„Wir kommen nicht von der Stelle, Tomo!" rief indessen Alohi mit Todesangst dem Weißen zu, „denn wenn wir uns viel regen, schlagen wir um!"

„So steuere gerade in die Brandung hinein!" antwortete der Schotte in Verzweiflung, „dorthin wagen sie nicht zu folgen, und – besser tot als gefangen."

„Hier nicht!" rief aber Alohi ängstlich zurück – „um unserer aller willen hier nicht. Die Riffe liegen scharf und ausgedehnt dahinter, und unsere Leiber würden zerschmettert und zerrissen werden, ehe sie das Binnenwasser erreichten."

„Dann sind wir verloren", murmelte Tom dumpf vor sich hin, während durch eine unvorsichtige Bewegung das Kanoe wieder ins Schwanken kam. Die drei Ruder mußten aufhören zu arbeiten, und in derselben Minute schoß der Bug des Walfischbootes an sie hinan.

„Komm herüber, mein Bursche, und mache keine unnützen Schwierigkeiten mehr", sagte der Harpunier fast eher in einem freundlichen als barschen Ton. „Du siehst, du kommst nicht fort – spring ins Boot und laß die roten Jungen ihr Kanoe in Gottes Namen weiter rudern."

„Mit welchem Recht fallt ihr mich hier auf offenem Meere an?" rief aber der Schotte entrüstet. „Seid ihr Freibeuter, daß ihr preßt, was ihr zu eurem Dienste braucht?"

„Das macht mit dem Alten aus", erwiderte ruhig der Harpunier, „ich habe nur den Auftrag, Euch einzubringen."

Die Matrosen hatten indessen das Kanoe gefaßt, und der Harpunier streckte den Arm nach dem Unglücklichen aus.

„Es tut mir bei Gott selber leid," setzte er dann leise hinzu, „aber – zum Teufel, wer hieß Euch auch wieder in des Löwen Rachen hineinsteigen; macht aber jetzt gute Miene zum bösen Spiel, denn das Schlimmste ist doch nur eine Trennung von zehn oder zwölf Monaten von Eurer Insel. Bis dahin haben wir unser Schiff voll, und daß Euch der Kapitän dann hier wieder abliefert, versteht sich wohl von selbst."

Tom Burton stand einen Augenblick zaudernd in seinem schwanken Kahn. Noch konnte er sich losreißen und über die Brandungswellen hin Tod oder Freiheit suchen – aber die Lust zum Leben siegte doch in ihm. Vom Bord des Schiffes aus war vielleicht noch Rettung möglich – die Wellen hier hätten ihn dem sicheren Tod entgegengeschleudert.

„Leb wohl, Alohi", sprach er, dem Schwager die Hand reichend, „grüß deine Schwester von mir und sag ihr, was du gesehen hast. Wenn die Brotfrucht zum zweiten Male reift, bin ich hoffentlich wieder bei euch – vielleicht auch früher" – setzte er mit fest zusammengebissenen Zähnen hinzu.

„Alohi geht nicht nach Tubuai zurück", sagte aber der Indianer ruhig, indem er sein Ruder in das Kanoe warf und von seinem Sitz aufstand, „Anahona mag das Fahrzeug zurücknehmen. Ich bleibe bei dir."

„Du willst mit uns gehen?"

Alohi nickte nur als Antwort mit dem Kopf.

„Was sagt er?" rief der Harpunier.

„Er will mich nicht verlassen – darf er uns begleiten?"

„Versteht sich, mein Junge", lachte der Seemann, froh, einen Mann mehr an Bord hinüber zu bringen, „und wir wollen sehen, daß wir einen tüchtigen Matrosen aus ihm machen. Aber nun rasch – wir treiben hier mit der Strömung gegen die Brandung zu – kommt über, Tom – daß Euch der Alte nicht schlecht behandeln soll, dafür laßt mich sorgen."

Alohi wechselte nur einige Worte mit seinem Landsmann und stieg dann zuerst in das Walfischboot hinein – Tom folgte ihm langsam. Die Ruder wurden wieder eingeworfen, der Bug des Bootes flog herum, und während das Kanoe, von dem einen Indianer gefühlt, nach der alten Einfahrt in den Riffen zusteuerte, den Eingeborenen die traurige Kunde zu bringen, ruderten die Weißen guter Dinge der Lucy Evans entgegen.

Den Leuten mochte die Gefangennahme des armen Teufels vielleicht leidtun, und viele sahen darin ihr eigenes Schicksal, wenn sie selber eine oft und oft überdachte Flucht versuchen sollten; aber im Ganzen war es ihnen doch recht. Einmal an Bord eines Walfischfängers, wäre ihnen der Mangel eines Zimmermanns bald fühlbar geworden, er mußte sogar zuletzt ihren Fang beeinträchtigen. Dadurch aber wurde ihr Verdienst geschmälert, und der Eigennutz regiert ja nun doch einmal die Welt.

Es war ein furchtbares Gefühl, mit dem Tom das Schiff wieder betrat, wo er auch auf eben nicht freundliche Weise mit Fluchen und Verwünschungen von dem vorhin überlisteten dritten Harpunier empfangen wurde. Vollkommen ruhig benahm sich dagegen der Kapitän, der trotz des ausgeführten Gewaltstreiches nicht wollte, daß dem Mann seine jetzt versuchte und allerdings gerechtfertigte Flucht durch harte Reden oder gar irgendeine Strafe wollte entgolten wurde.

Tom selber war dagegen nicht willens, sich so ganz geduldig in sein hartes und, wie er glaubte, ungerechtes Los zu finden. Der Kapitän sollte sich wenigstens später nie entschuldigen können, nicht gewußt zu haben, was er begehe, indem er ihn seiner Familie, seiner jetzigen Heimat entreiße. Ohne deshalb einen weiteren Befehl von dessen Seite abzuwarten, schritt er, sobald er die Schanzkleidung überstiegen hatte und ohne auf die bitteren Reden des gereizten dritten Harpuniers auch nur mit einem Blick zu antworten, auf den Kapitän zu. Dieser stand neben dem Steuernden, das Auge auf die Segel geheftet und der Mannschaft die Befehle zum Umbrassen zurufend.

„Kapitän Rogers!"

„Ah, Mr. Burton – wieder an Bord! Ihr werdet vor allen Dingen daran gehen müssen, das Boot auszubessern, das Ihr vorhin, in der Eile, an Land zu kommen, zerschlagen habt. Wir brauchen es notwendig."

„Kapitän Rogers", wiederholte Tom, und er mußte sich Gewalt antun, um die nötige Ruhe zu behaupten, „Sie wissen, daß Sie eine ungesetzliche – unmenschliche Tat begehen, indem Sie mich gewaltsam von hier fortführen."

„Ungesetzlich? – Begingt Ihr etwa eine gesetzliche Tat, als Ihr von dem Bonnie Scotchman flüchtig wurdet?"

„Das war der Bonnie Scotchman", sagte Tom ruhig, „und hätten Sie mich damals wieder eingefangen, wären Sie in Ihrem vollen Recht gewesen, mich zu strafen, wie Sie es für gut fanden. Gegen dieses Schiff aber habe ich keine Verbindlichkeiten gebrochen."

„Gegen dieses Schiff allerdings nicht, aber gegen mich", sprach der Kapitän gleichfalls ruhig. „Unsere Ansichten mögen darüber verschieden sein, und glaubt Ihr, daß recht Ihr behalten werdet, gut, so könnt Ihr mich im nächsten englischen Hafen, den wir erreichen, verklagen. Für jetzt bitte ich Euch aber, Eure Pflicht ruhig und ordentlich zu erfüllen und mir die unangenehme Notwendigkeit zu ersparen, Euch – doch wozu harte Worte?" unterbrach er sich rasch. „Ihr kennt die Verhältnisse an Bord eines Walfischfängers so gut, wie ich sie Euch schildern kann, und seid vernünftig genug, das Beste zu wählen. Unsere Reise wird überdies hoffentlich nicht so lange mehr dauern." Er wandte sich ab von Tom, als sein Auge auf den Indianer fiel, und sagte lächelnd: „Habt Ihr da noch einen Matrosen für mich geworben?"

„Er ist der Bruder meines Weibes, der mich nicht verlassen will", versetzte Tom finster.

„Ah, Euer Schwager, desto besser! Ich hoffe, es soll ihm bei uns gefallen, und nun – seid so gut und geht an Eure Arbeit."

Tom war entlassen und sein Schicksal entschieden. Er wußte, daß er nichts weiter von Bitten noch Drohungen zu hoffen hatte, ja die letzteren seine Lage nur verschlimmern konnten, und war vernünftig genug, sich dem zu fügen.

Unbelästigt von irgendjemand – denn der dritte Harpunier hatte strengen Befehl bekommen, dem neuen Zimmermann des letzten Fluchtversuchs wegen keine weiteren Vorwürfe zu machen – verrichtete er jetzt seine Arbeit, und wenn ihm auch das Herz hätte brechen mögen, als das Schiff seinen Kurs in die See hinaus nahm und Tubuai mehr und mehr am Horizont verschwand, verbiß er doch seinen Schmerz. Es sollte niemand ahnen, was in ihm vorging – seine Zeit kam doch vielleicht.

Nicht so ruhig aber nahm Alohi den Abschied von seinem Vaterland. Im Anfang zwar hatte er sich mit ziemlicher Gleichgültigkeit dem Entschlusse hingegeben, sein Schicksal an das seines Schwagers zu knüpfen – eine gewisse Furcht mochte ihn ebenfalls dazu getrieben haben, den Klagen der Schwester auszuweichen. Jetzt aber, als die palmenreiche Küste, als die grünen Gipfel seiner Berge niedriger und niedriger wurden und endlich auch der letzte in die See versank und die weite Öde überwältigend furchtbar vor ihm lag, da wurde ihm doch recht weh und ängstlich zumute, und er kauerte still und traurig an Deck nieder, senkte den Kopf und verhüllte sich das Gesicht mit seinem Schultertuch.

Niemand belästigte ihn an dem Tag; die Seeleute wußten schon aus früherer Zeit, daß sie den Eingeborenen, wenn sie deren einmal als Arbeiter auf ihre Schiffe bekamen, Raum zu ihrem Heimweh geben mußten. Nachher fanden sie sich schon besser hinein. Ihr leichter Sinn hob sie bald über den wirklichen Verlust hinweg und ließ sie in dem Neuen und Wunderbaren, das sie umgab, sogar das Vaterland vergessen – freilich nur, bis irgendeine neue Hügelspitze am Horizont auftauchte, und die Sehnsucht dann wohl so stark zurückkehrte als je.

Tom war indes fest entschlossen, jede nur mögliche Gelegenheit zu neuer Flucht zu benutzen, und mit Alohis Hilfe, den die Indianer einer fremden Insel gewiß eher unterstützt als ausgeliefert hätten, hoffte er auch auf gutes Gelingen. So nachsichtig ihn aber auch der Kapitän in See behandelte, so streng wurde er überwacht, so lange sie nur in Sicht einer der zahlreichen in den dortigen Meeren zerstreut liegenden Inseln waren, und als sie später in Hilo auf Hawaii anlegten, durfte der arme Teufel nicht einmal das Zwischendeck, ausgenommen mit Bewachung, verlassen. An Flucht war da gar nicht zu denken. Alohi dagegen konnte frei umhergehen, wohin es ihm beliebte. Kapitän Rogers wußte recht gut, daß ihm der nicht davonlaufen würde, so lange er nur den Schotten hielt.

Der einzige Feind, den Tom an Bord hatte, war der dritte Harpunier, Mr. Elgers, der ihm die damalige Flucht nicht vergessen konnte, und peinlich wurde dies Verhältnis sogar, als er und Alohi gerade seinem Boote zugeteilt wurden. So knapp war die Lucy Evans nämlich an Mannschaft, daß nicht einmal der Zimmermann, wenn nicht besonders nötige Arbeit an Bord seine Anwesenheit erforderte, beim Fang der Fische entbehrt werden konnte.

Alohi besonders hatte dort eine schwere Zeit, denn an das eisige Klima nicht gewöhnt, konnte er sich trotz der erhaltenen warmen Kleidung gar nicht mehr erwärmen. Die schwere Arbeit dazu, das Rudern am Tag, das Auslochen bei Nacht – oder in der Dämmerung wenigstens, da es dort oben in den Sommermonaten nicht Nacht wurde – rieb seinen Körper fast auf. Aber keine Klage kam über seine Lippen, und nur manchmal, wenn er oben im Top der Masten den Ausguck nach Walfischen hatte, drangen die leisen, wehmütigen Töne eines kleinen heimischen Liedes, das Tom nur zu gut kannte, auf das Deck nieder und verrieten ihm wenigstens, wie weh es dem armen

Indianer im Herzen sei.

Ihre Jagd war ziemlich glücklich. Sie nahmen so viel Fische, daß der Kapitän beschloß, wenn auch sein Schiff noch nicht ganz gefüllt war, keine weitere Jahreszeit hier oben abzuwarten, sondern nach Hause zurückzukehren. Auf der Heimfahrt konnte er dann das Fehlende vielleicht noch nachholen. – Auf Oahu wurde das Schiff wieder mit frischem Proviant und Wasser versehen, und der zweite Harpunier wie zwei Bootssteuerer, die auf den Sandwichs-Inseln zu bleiben wünschten, ausgezahlt. Es geschieht dies sehr häufig, wenn ein Schiff seine Heimfahrt antritt, und ist stets ein Nutzen für die an Bord Zurückbleibenden. Die Abgehenden brauchen nämlich nicht allein nicht mehr beköstigt zu werden, sondern sie sind auch genötigt, ihren Anteil am Tran hier billiger anzunehmen, als es in England der Fall gewesen wäre.

Nur den Zimmermann und Böttcher brauchte das Schiff noch notwendig für die weitere Fahrt, und trotz des ersten Harpuniers Bitte für Tom Burton, ihn in der Nähe seiner Heimat abzusetzen, wenn sie diese erreichen würden, erklärte der Kapitän, ihn notgedrungen mit nach Hause nehmen zu müssen, da er das Schiff nicht der Gefahr aus-setzen dürfte, unterwegs bei schwerem Wetter und so tief geladen zu Schaden zu kommen. Was konnten sie dann ohne Zimmermann anfangen? – Der Harpunier schwieg. Der Kapitän hatte recht – und auch nicht; er selber mochte mit der Sache nichts weiter zu tun haben.

Sobald sie den Äquator wieder passiert hatten, bat übrigens Tom ebenfalls den Kapitän darum, bei Tubuai anzu-laufen und sie beide ihren Familien zurückzugeben; der Kapitän gab ihm aber ganz aufrichtig dieselbe Antwort wie seinem Harpunier, und Tom war zu viel Zimmermann und Seemann, um nicht selber einzusehen, daß jener von seinem Standpunkt aus vollkommen recht hatte. Aber zur Verzweiflung trieb es ihn bald, wenn er daran dachte, wie er jetzt vielleicht in einer Tagereise Entfernung an dem kleinen Inselland vorbeischwamm, das seine Heimat geworden und alle die Menschen in sich faßte, die ihm lieb und teuer waren, und daß trotzdem doch vielleicht noch Jahre vergehen müßten, ehe er den Boden wieder betreten konnte. Und doch sah er keine Möglichkeit zur Flucht.

Weiter und weiter verfolgte indessen das Schiff seine Bahn. Die Breite von Tubuai mußten sie jedenfalls schon passiert haben, und die Ungewißheit darüber fraß ihm nur noch mehr am Herzen. Der Kapitän nämlich, der die Beobachtungen der Sonne selber nahm und berechnete, vermied stets, irgendjemand anderem ihre Bahn mitzuteilen. Die Leute durften auch gar nicht danach fragen, und die Harpuniere kümmerten sich nicht darum. Das war eine Sache, die sie nichts anging. Sie hatten nur mit dem Fang der Fische zu tun; das Schiff in den richtigen Hafen zu bringen, war des Kapitäns Sache.

Mehrfach tauchten jetzt wieder einzelne Inselgruppen am Horizont auf, und Alohi hatte diese stets mit peinlichster Spannung beobachtet. Ihm allerdings hatte der Kapitän freigestellt, das Schiff zu verlassen oder zu bleiben, der treue Bursche aber wollte nicht von Tomo weichen. Wohin der ginge, ginge er mit, und wenn die Weißen schlecht genug wären, den noch einmal mit fortzuschleppen, sollten sie ihn auch mitnehmen.

So standen die Sachen, als Tom Burton eines Morgens vorn an der Galerie beschäftigt war, die Stevenpumpe in Ordnung zu bringen. Aber die Arbeit ging ihm heute nicht von statten. Da drüben, leewärts, lag wieder Land, lagen die Spitzen zweier, wie es schien, ziemlich hoher Inseln, und er konnte die Augen nicht abwenden von dem teuern Boden – vielleicht dem letzten Palmengrund, den sie zu sehen bekamen, ehe sie die schwere, kalte Fahrt um Kap Horn antraten. Was es für Inseln seien, konnte er freilich nicht erraten. Er hatte den ersten Harpunier, der immer noch am freundlichsten mit ihm gewesen, darum gefragt, aber dieser wußte es selber nicht, oder wollte es nicht wissen.

„Tomo", sagte da plötzlich eine leise, scheue Stimme an seiner Seite – „weißt du, was das da drüben für Land ist?"

Tom fuhr, von einem plötzlichen Gedanken durchzuckt, nach ihm herum. „Tubuai?" rief er mit angstgepreßter und doch wild herausgestoßener Stimme. „Aber nein – nein", setzte er dann leise und kopfschüttelnd hinzu, „das sind die heimischen Berge nicht, an deren Fuß wohnt nicht –"

„Halte dich ruhig", flüsterte Alohi, „die anderen brauchen nicht zu wissen, daß wir über das Land sprechen."

„Und was hülfe es mir? Haben wir ein Boot, daß wir es erreichen könnten?"

„Dorthin liegt nicht Tubuai", sprach Alohi vorsichtig. „Das ist Tahiti – die große Insel, auf der die Feranis wohnen. Die andere links davon ist Morea."

„Aber woher kennst du die Inseln?"

„Als Knabe war ich mit dem Missionskutter einst auf Tahiti; ich habe den spitzen Gipfel nicht vergessen."

„Und Tubuai?  Wohinaus liegt das?"

„Gerade dorthin, wo die Sterne abends stehen, die Ihr das Kreuz nennt – nur ein wenig mehr nach leewärts zu," flüsterte der Eingeborene, ohne den Kopf nach der bezeichneten Richtung zu wenden. „Wir sind noch lange nicht an Tubuai vorbei. Wenn wir ein Boot frei machen könnten – ich fände jetzt leicht die Richtung dorthin."

„Es geht nicht – es geht nicht", seufzte Tom. „Die Boote hängen zu nah am Steuerruder, und wenn ich selbst die Wache dort hätte – einer der Harpuniere ist stets an Deck."

„Und zwischen den Wachen, nachts – wenn sie unten im Buche schreiben?"

Tom schüttelte traurig den Kopf. „Das erste Reiben des Taus in den Blöcken müßten sie hören, und ehe wir nur das Boot auf dem Wasser hätten, wären wir verraten. Nein, armer Bursche, es bleibt uns jetzt schon keine andere Wahl, als geduldig auszuharren die schwere Zeit – noch viele lange, lange Monde."

Alohi gab seinen Plan noch nicht auf. Das Land in Sicht, das ihm plötzlich die Richtung der eigenen Heimat zeigte, hatte die Sehnsucht stärker als je in ihm erweckt. Aber selbst die Elemente schienen ihm entgegen, denn der Wind legte sich fast ganz und es wurde so still, daß eine Flucht im Boot, selbst wenn sie glücklich das Schiff damit verlassen hätten, unmöglich geworden wäre. Nur bei kräftiger Brise hätten sie hoffen können, mit Segeln zu entkommen.

Die Nacht brach ein, und am nächsten Morgen, als die Sonne wieder im Osten emporstieg und das spiegelglatte Meer beschien, war das Land verschwunden. Bald nach Sonnenaufgang erhob sich aber der Wind auch wieder, und die Lucy Evans lief jetzt mit ziemlich kleinen Segeln wieder etwa vier Knoten die Stunde nach Süden. In den letzten acht Tagen hatte sie keinen Fisch gefangen, und das Deck lag rein und sauber gescheuert. Zu arbeiten war ebenfalls wenig und der Böttcher so ziemlich die einzige ununterbrochen tätige Person, da die mit dem heißen Tran gefüllten Fässer scharfes Aufpassen und mehrmaliges Nachtreiben der Reifen verlangen, wenn sie nicht leck werden sollen. Die Ausgucks wurden jedoch regelmäßig in den Tops der Masten gehalten, denn sie befanden sich hier noch im besten Spermfischrevier und hätten noch ein halbes Dutzend der fetten Burschen brauchen können, um ihr Schiff bis zum Deck zu füllen.

Vier volle Tage, nachts dabei nur wenig Fortgang machend, lagen sie so dicht am Wind, um so viel wie möglich nach Osten anzuhalten. Daß sie Tubuai jetzt passiert hatten, war gar keine Frage mehr, und die weite öde See lag vor ihnen, ein traurig wildes Ziel. Am vierten Nachmittag war Tom oben in den Top des Vormasts zum Ausguck gesandt und konnte die Blicke nicht abwenden von der Richtung, in der er die Heimat wußte. Er schaute so lange nach Westen, in die untergehende Sonne, bis ihm die Augen schmerzten, und wandte sich endlich in Pein und Unmut ab, damit seine Gedanken nicht über ihn Herr werden möchten.

Eine Zeitlang flimmerte es ihm vor den Augen, so hatten ihn die Strahlen der Sonne geblendet, und doch kam es ihm vor, als ob er dort drüben zu windwärts einen dunkeln Punkt erkennen könne. War das ein Fisch? – Er wäre der letzte gewesen, ihn anzurufen, denn jetzt, nach dem sie seine Insel im Rücken hatten, lag seine einzige Hoffnung auf einer schnellen Fahrt, der alten Heimat zu, um von dort dann mit dem ersten Schiff den Rückweg hierher zu finden. Das Einschneiden eines Fisches hätte die Reise nur verzögert. – Aber nein, das war kein Fisch. Ein dunkler Gegenstand lag gar nicht so sehr weit entfernt, ziemlich hoch auf dem Wasser. Was es sei, konnte er nicht erkennen, er rief aber das Schiff unten an und meldete mit dorthin ausgestreckter Hand, was er bemerkt. Er war selber neugierig geworden.

Einer der Harpuniere stieg rasch mit dem Fernglas nach oben und erkannte bald in dem dunkeln Gegenstand einen kleinen entmasteten Kutter, der dort, anscheinend herrenlos, auf dem Wasser trieb. Niemand auf der Welt hat aber besser Zeit, etwas derartiges zu untersuchen, als gerade ein Walfischfänger, da er nicht das mindeste dabei versäumt.

Die Ausgucks bleiben natürlich fortwährend in den Masten, und während er beilegt oder gegen den Wind aufkreuzt, können ihm ebenso gut Fische in den Wurf laufen, als wenn er mit vollgeblähten Segeln vor dem Wind fortginge. Außerdem war hier eine Aussicht auf Gewinn – es konnte ein mit Perlmutterschalen oder Kokosöl beladener Kutter sein, der aus irgendeinem Grund von seiner Mannschaft verlassen worden. Jedenfalls lohnte es der Mühe, die Stunde daran zu wenden, um ihn zu untersuchen, und die Sonne war eben noch hoch genug, um ihn wenigstens vor ihrem Untergang zu erreichen.

„Mr. Hobart!" rief der Kapitän, „nehmen Sie Ihr Boot und zugleich – oder lassen Sie lieber Mr. Elgers gehen", unterbrach er sich, „der hat den Zimmermann in seinem Boot. Tom mag sein Handwerkszeug mitnehmen, Meißel, Säge, Hammer und Beil; man weiß nicht, was da aufzuschlagen ist. Lohnt es der Mühe, so bleiben Sie dort liegen, bis wir dazu aufkreuzen können – Sie mögen sich auch eine Laterne mitnehmen, falls es zu dunkel werden sollte."

Der Befehl wurde rasch ausgeführt und Tom vom Mast heruntergerufen. Hier blieb ihm auch wirklich kaum Zeit, sein notwendigstes Geschirr zusammenzuraffen und in das Boot zu springen. Das hatte die übrige Mannschaft indes mit allem Nötigen versorgt, und sie stießen gleich darauf von Bord ab, um das Wrack zu untersuchen. Unten auf dem Wasser konnten sie es aber noch nicht erkennen, und von der großen Raae aus gab ihnen ein dort hinaufgeschickter Matrose die Richtung an, in der sie steuern mußten, bis sie selber nahe genug kamen, es von der blitzenden Flut, die ihren Horizont begrenzte, zu unterscheiden.

„Legt euch in die Riemen, meine Burschen", ermunterte der Harpunier die Leute, „es wird sonst dunkel, eh wir

hinkommen; die Sonne geht ja schon unter. Regt ein bißchen die faulen Knochen – wer weiß, ob nicht in dem Kasten da drüben mehr steckt, als zwei Walfische wert sind."

Das letztere war jedenfalls die beste Anregung für die
Leute. Mit aller Macht legten sie sich in die Ruder, und das
schlanke, treffliche Boot sprang leicht über die kaum bewegten, aber von einer frischen Brise dunkelgekräuselten
Wellen der blauen See, so daß sie bald das ersehnte Ziel
erreichten.

Es war in der Tat ein kleiner inländischer Kutter, wie
ihn die Weißen hier und da für die Eingeborenen auf den
Inseln bauen und womit auch oft Europäer, besonders
Franzosen, zwischen den verschiedenen Inselgruppen
herumfuhren und Perlmutterschalen, Kokosöl, Limonensaft oder andere Produkte gegen europäische Waren, selte-
ner gegen Geld, eintauschten. Jedenfalls hatte ein Sturm
das kleine Fahrzeug erfaßt und die Mannschaft, wenn sie
nicht verunglückt war, sich in ihrem Kanoe zu retten gesucht. An Deck lagen nur einige Kokosnüsse, die Alohi,
ohne weiter einen Befehl deshalb abzuwarten, in das Boot
warf. Außerdem war aber von dem Tafelwerk noch man-
ches zu gebrauchen, der Anker z.B. allein schon etwas
wert, und der Harpunier ließ sich jetzt die Laterne anzün-
den, um in den innern Raum, der nur teilweise mit Wasser
gefüllt schien, hinein zu steigen und nach Papieren oder
sonst wertvollen Sachen zu suchen. Die Mannschaft sprang
indes sämtlich an Deck des kleinen Fahrzeugs, um so viel
wie möglich wenigstens von dem Tauwerk zu bergen, falls
sich die Ladung als wertlos erweisen sollte. Die Sonne war
allerdings schon unter, und die Nacht fing an, sich von
Osten her langsam über die weite, leise wogende See aus-
zubreiten. Die Dämmerung ist in jenen Meeren ungemein
kurz, und dem Tag folgt fast unmittelbar die Nacht.

„Hierher, Zimmermann; gebt einmal ein Beil herunter", rief der Harpunier, der mit dem Bootsteuerer nach unten geklettert war, an Deck hinauf, „und bringt einen Meißel mit."

Tom stieg in das Boot, das in Lee vom Kutter angebunden hing, um das kleine Kästchen mit Handwerksgerät heraufzuholen, als plötzlich jemand zu ihm in das Boot sprang und dieses ein Stück vom Kutter abschoß. Er richtete sich überrascht empor und erkannte Alohi, der mit einem trotzigen Lächeln über den dunkeln Zügen, ein Messer in der Hand, mit dem er eben das Tau durchschnitten hatte, einen Augenblick stolz und hochaufgerichtet vorn im Boot stand. Es war aber auch wirklich nur einen Augenblick, denn im nächsten Moment schon warf er das Messer von sich und griff einen der Riemen auf.

„Hallo – das Boot ist flott!" rief einer der zurückgebliebenen Leute. „Auf der anderen Seite, Kanaka[1]), mußt du den Riemen einsetzen – du schiebst es ja noch immer weiter ab."

„Was tust du, Alohi?" rief Tom erschreckt.

„Was ich tue, Tomo? Ich will nach Tubuai fahren – und nun Segel auf und fort, denn es dauert noch wenigstens eine Viertelstunde, ehe es vollkommen Nacht ist. Die anderen Boote werden bald hinter uns her sein."

„Aber, Alohi!" rief Tom, „mit diesem Boote sollen wir die Entfernung –"

„Und wenn's ein Kanoe wäre", lachte der Indianer wild vor sich hin, „besser hier zugrunde gehen, als länger bei jenen weißen Teufeln ausharren. Alohi bleibt nicht mehr bei ihnen."

---

[1] Der Name bedeutet eigentlich einen Sandwich-Insulaner, aber die Seeleute geben ihn gewöhnlich allen Eingeborenen der Südsee.

„Nun denn, mit Gott!" rief Tom laut aufjubelnd, indem er mit raschem Griff den kleinen Mast in den dazu bestimmten Platz setzte. „Land werden wir schon irgendwo treffen, und nun hinaus in die See."

„O Tom – o Kanaka!" riefen indessen die beiden zurückgelassenen Matrosen erschreckt durcheinander – „hallo, Mr. Elgers, das Boot ist fort!"

„Den Teufel auch!" schrie dieser, indem er rasch nach oben sprang. Aber in die gotteslästerlichsten Verwünschungen brach er aus, als die beiden Flüchtlinge seinen Anrufen nicht gehorchten, sondern mit geblähtem Segel scharf am Winde hin das Weite suchten. In wilder Hast und Wut schwang er dabei die Laterne hin und her, als einzig mögliches Zeichen für das Schiff, von dort so rasch als möglich Hilfe herbeizuholen.

An Bord hatten sie indessen von oben aus ebenfalls, wenn auch nicht das Abstoßen des Bootes, denn dazu war es nach Osten hin zu dunkel geworden, aber doch das gesetzte Segel entdeckt. Der Mann, der als Ausguck oben sah, rief es an Deck hinunter. Nichtsdestoweniger zerbrach er sich den Kopf, weshalb das Segel nicht gerade auf das Schiff zuhielt und auf dem Wrack noch immer jemand die Laterne schwenkte. Seiner Pflicht nach rapportierte er das endlich ebenfalls, und der erste Harpunier lief rasch an der Want hinauf, um sich von dem Tatbestand zu überzeugen. Mr. Hobart brauchte indessen eine lange Zeit, den wahren Verlauf zu durchschauen.

„Mein Boot aufs Wasser!" schrie er in dem nämlichen Augenblick an Deck hinab und glitt dann selber an einer von den Pardunen nieder.

„Was ist vorgefallen, Mr. Hobart?" rief der Kapitän, der unten neben dem Steuerrad stand, „ist das Boot verunglückt?"

„Halb und halb", lachte der Harpunier mit einem derben Fluch zur Bekräftigung, „für uns wenigstens hier. Es geht mit vollgeblähtem Segel nach Lee zu, und ich müßte mich sehr irren, wenn Tom und der Kanak nicht eine Vergnügungstour darin vorhätten."

„Verdammnis!" schrie der Kapitän, das Deck stampfend.

„Sie hätten ihn laufen lassen sollen, als es noch Zeit war", sagte der Harpunier, seinen dicken Rock, der schon für die Nachtwache auf dem Gangspill lag, aufnehmend und anziehend. „Jetzt werden uns die Burschen wieder zu einer verteufelten Hetze zwingen und verdenken kann ich's ihnen auch nicht – ich täte dasselbe an ihrer Stelle." Er war dabei auf die Bulwarks gesprungen und glitt an dem Tau draußen nieder in das hinuntergelassene Boot.

„Sehen Sie sich vor, Mr. Hobart, daß Sie das Schiff im Auge behalten", ermahnte ihn der Kapitän, „ich werde Laternen an den Tops aufhängen lassen."

„Ay, ay, Sir", rief der Harpunier zurück, murmelte aber in den Bart: „Werde den Teufel tun und in Nacht und Nebel dem Schiff aus Sicht laufen – keine Furcht, Alter. Nun zu, Jungen, greift aus!" rief er den Leuten zu, und die vier Riemen tauchten zu gleicher Zeit in die Flut und machten das Boot rasch davonschießen. – Aber die beiden Flüchtlinge hatten, obgleich es rascheren Fortgang machte als sie, nicht viel von ihm zu fürchten. Es war nämlich unter der Zeit so dunkel geworden, daß der Mann im Ausguck dem verfolgenden Boote nur noch die ungefähre Richtung des flüchtigen Segels angeben konnte, und der mußte es folgen, so gut es eben ging.

Zugleich mit ihm hatte Kapitän Rogers auch das zweite Boot – und zwar in Ermangelung eines zweiten Harpuniers unter dem Befehl des Böttchers – nach dem Wrack abgeschickt, die noch dort befindlichen Leute abzuholen. Von

oben war das Licht zu erkennen, und einen darüber befindlichen Sterm annehmend, konnten sie dadurch leicht ihren
Kurs halten.

Die Lucy Evans setzte jetzt alle Segel, braßte auf und
lief eine Strecke hinter den Flüchtlingen her.

Als jedoch der Schein der Laterne auf dem Wrack immer schwächer wurde und endlich ganz verschwand, blieb
ihr nichts anderes übrig, als beizudrehen und auf ihre beiden Boote zu warten, die der Lucy Lichter besser erkennen
konnten. Im Westen zeigte sich außerdem eine aufsteigende Wolkenschicht, und der Kapitän durfte seine Mannschaft in den Booten draußen, die nicht einmal mit Provisionen versehen waren, nicht der Gefahr aussetzen, verloren zu gehen.

In zwei Stunden etwa kehrte der Böttcher mit den Leuten vom Wrack zurück, und eine halbe Stunde später auch
Mr. Hobart mit seinem Boot. Von den Flüchtlingen hatte
er aber nichts mehr finden können, und als am nächsten
Morgen die Sonne mit einer scharfen Brise, die ihre weißen Schaumwellen über die weite blaue, aufgewühlte Flä-
che warf, dem Horizont entstieg, war nichts mehr von
ihnen zu entdecken. Sie mußten die Verfolgung aufgeben
– die Segel wurden wieder umgebraßt, und der Walfischfänger wandte seinen Bug aufs Neue der Heimat zu.

Eine Nacht voll Todesangst verbrachten indessen die beiden Flüchtlinge,  denn wohl wußten sie, daß das Schiff
ihrer Bahn folgen würde, und zufällig konnte es ja doch
immer dieselbe Richtung beibehalten, wie sie. Befanden
sie sich aber bei Tagesanbruch noch in Sicht und wurden
sie entdeckt, so waren sie jedenfalls verloren.

Eine volle Stunde behielten sie nichtsdestoweniger ihren
Kurs bei, um nur erst den Blicken der Nachsetzenden ent-

zogen zu werden, dann aber kreuzten sie auf Toms Rat, so wenig Fortgang sie auch dabei machten, gerade in den Wind auf. Dadurch behielten sie die Wahrscheinlichkeit für sich, daß sie das Schiff im Dunkeln passieren würde, und an ein Wiederfinden war dann nicht leicht zu denken. Mit der Morgendämmerung, um keine Vorsicht außer Acht zu lassen, nahmen sie das weiße Segel ein, das sie vielleicht hätte verraten können, und suchten sorgfältig den ganzen Horizont nach irgendeinem Schiffe ab. – Es war nichts zu sehen. Da setzten sie voll guten Mutes bei der frischen Brise das Segel wieder, das sie jetzt in vollem Flug nach Westen, der Heimat entgegentrug.

Noch waren sie keineswegs außer Gefahr, denn wenn sie auch das Schiff nicht mehr zu fürchten hatten, befanden sie sich doch in einem dünnen, leicht zerbrechlichen Boot, ohne Provisionen, nur mit dem kleinen Fäßchen voll Wasser, das in allen Walfischbooten liegt, mitten auf dem weiten Ozean, und sollten ihr Ziel ohne Instrumente fast auf gut Glück nur finden. Aber ihr Mut verließ sie nicht, und wie sie, von der kräftigen Brise getragen, lustig über die tanzenden Wogen glitten, jubelten sie ihre Lust und Seligkeit laut und jauchzend hinein in die wiedergewonnene freie, herrliche Welt.

Sogar ohne alle Hilfsmittel waren sie aber auch nicht. Da die Boote eines Walfischfängers oft in der Verfolgung eines Fisches weit abgezogen werden, oder auch halbe und ganze Tage lang draußen bei einem gefangenen Fisch liegen müssen, bis das Schiff bei ihnen aufkreuzen kann, so befindet sich hinten im Spiegel bei allen ein kleiner Verschlag, zu dem der Harpunier den Schlüssel hat und in dem meist immer ein kleiner Taschenkompaß, ein Feuerzeug, Fischangel und Leinen, ein paar Dutzend Schiffszwieback und nicht selten einige Bücher weggestaut sind.

Diesen Verschlag brach jetzt Tom, während Alohi steuerte, mit seinem Handbeil auf und fand sich hier reichlicher versorgt, als er geglaubt hatte. Der Kompaß besonders konnte ihm die besten Dienste leisten. Das Wichtigste aber, was er neben dem Schiffszwieback in dem Verschlag fand, war ein kleines, von dem Rev. Russell über die Südsee-Inseln herausgegebenes Buch, an dem sich eine, allerdings sehr unvollkommene Karte der Inseln befand. Wenn auch nur die Lage der einzelnen Gruppen darauf angegeben war, sah er doch, baß sie sich, seit sie Tahiti verlassen, gerade etwa westlich von ihren Inseln befinden müßten, und dadurch Alohis Meinung, der diesen Kurs genommen haben wollte, vollkommen bestätigt.

Drei Tage und Nächte fuhren sie so ihre lange, einsame Bahn und lebten von Kokosnüssen, die Alohi von dem Kutter ins Boot geworfen, den paar Zwiebäcken und einigen Bonitos, die sie unterwegs fingen. In Toms Seele begannen dabei schon Zweifel aufzusteigen, ob sie nicht am Ende gar südlich unter allen Gruppen wegsteuerten und nicht besser täten, mehr nördlich aufzuhalten. Alohi wollte aber davon nichts wissen – wenigstens noch nicht für diesen Tag. So brach der Abend herein, und als die Sonne im Westen sank und den Horizont dort mit durchsichtigem Licht erfüllte, hatte des Indianers scharfes Auge einen Punkt südwestlich von ihnen entdeckt, der vielleicht ein Segel, möglicherweise aber auch eine Landspitze sein konnte. Ihr Plan war bald gefaßt. Da die Dunkelheit ihnen nur zu bald den Gegenstand entzog, hielten sie einige Stunden lang der Richtung zu und nahmen hierauf das Segel ein, um ihr Boot bis zum nächsten Morgen treiben zu lassen. Fanden sie mit Tageslicht den dunkeln Punkt nicht mehr, so war es ein Segel gewesen, und sie beschlossen, dann weiter nach Norden aufzuhalten. Wie aber die Sonne im Osten ihr erstes Licht sandte, schrie Tom mit freudigem Entzücken: „Land - Land, Alohi! Dort drüben liegt Land!" und Freudentränen liefen dem starken Mann die sonnverbrannten Wangen nieder.

Noch war freilich nichts weiter zu erkennen als ein stumpfer, aus dem Wasser vorragender Bergkegel. Wie sie aber rasch das Segel wieder gesetzt hatten und jetzt mit der frischen Brise darauf zuhielten, tauchte er auch schnell höher und höher empor, Und „Bavilu!" rief da plötzlich Alohi, sein Steuerruder loslassend und von seinem Sitz emporspringend, „Bavilu!"

Es war die Nachbarinsel von Tubuai, nur etwa noch zwanzig Seemeilen von ihr entfernt, und ihre Richtung lag von hier fast ganz West. Nichtsdestoweniger hielten sie auf die Insel zu, wenn das auch ihre Rückkunft verzögerte, um sich dort erst wieder zu erholen und besonders Früchte und Kokosnüsse an Bord zu nehmen.

Noch an demselben Morgen gewannen sie das Land – für sie der Freiheit Boden, aber nicht eine Nacht litt es sie unter den Palmen, ihre Rast war erst in der Heimat. Sowie deshalb die Sonne sank und die Luft kühler wurde, schifften sie sich, reichlich versehen mit allem, was sie jetzt brauchten, wieder ein, und mit der Morgendämmerung konnten sie auch in der Feme das hohe breite Land von Tubuai erkennen, das sie an demselben Nachmittag erreichten.

Das war ein Jubel, und ein Jauchzen auf der kleinen Insel, als die für immer verloren Geglaubten mit vollgeblähtem Segel in die Einfahrt der Riffe liefen und vom weiten schon die Tücher schwenkten. Intaha jauchzte, wie das Boot nur den Sand berührte, an des Gatten Brust, und die Kleinen – nicht die seinigen allein, sondern fast die ganze kleine Bevölkerung der Insel– drängten herbei, umfaßten seine Knie und suchten ihn zu sich niederzuziehen.

Tom Burton war wieder in seiner Heimat, und es schien ihm, als ob nie im Leben die Palmen so traulich gerauscht, die Blüten so süß geduftet, der Himmel so blau und wonnig ausgesehen hätte, wie an dem Tag. Aber er blieb auch dort und betrat nie wieder, bis zu jener Zeit, als ich ihn kennen lernte, ein europäisches Schiff.

Manche legten dort wieder an – eins sogar einmal mit seinem alten Freund, Mr. Hobart, an Bord, der ihn zum ersten Mal gefangen nahm. Die beiden Männer schüttelten auch einander die Hände und lachten über jene Zeit, aber an Bord ging Tom doch nicht, so freundlich ihn Mr. Hobart, der jetzt selber Kapitän geworden war, auch einlud und so heilig er ihm das Versprechen gab, ihn nicht einmal mit einem Gedanken zurückzuhalten. „Das ist alles recht schön und gut," sagte Tom, „so lange wir das hier auf festem Grund und Boden abmachen. Da seid ihr Seeleute auch ganz andere Menschen; auf dem Wasser aber, auf eurem eigenen Schiff –der Teufel trau euch, und ich für mein Teil hab' von der Spazierfahrt damals gerade genug gehabt."

# Die Nacht auf dem Walfisch

Der englische Walfischfänger „König Harold" kreuzte in der Nähe der Kingmills-Gruppe, ziemlich unter der Linie, auf Spermfische, in der Absicht, die Wintermonate hier zuzubringen, um mit Beginn des Frühjahrs wieder nach Norden auf den Fang des rechten Walfisches auszulaufen. Vergebens waren sie aber jetzt Monate lang hin- und hergefahren und durch die sonst besten Jagdgründe für diese Fische wieder und wieder auf und abgesegelt. Die Ausgucks in den Tops der Masten, die dort oben den ganzen Tag gehalten werden, um nach etwa auftauchenden Fischen auszuschauen, und einander zu gewissen Stunden ablösen müssen, blieben still und stumm, und wenn wirklich einmal ein Ruf kam, glaubte schon niemand mehr daran. Solche Meldungen hatten sich bis jetzt auch fast jedes Mal als ein nicht zu gebrauchender Finback, oder vielleicht eine School kleinerer Braunfische ausgewiesen, auf die man nicht Jagd machen wollte. Die Sonne brannte dabei heiß und sengend auf das, ihren vollen Strahlen preisgegebene Deck nieder, und das Schiff, so still und reinlich, mit den klein gereeften Segeln in der leichten Brise, sah gerade so aus, als ob es hier an einem freundlichen, aber etwas langen Sonntagnachmittag zum Vergnügen herumfahre und eben keinen andern Zweck, kein bestimmteres Ziel kenne.

Die Leute haben dabei natürlich immer ihre Arbeit: Segel müssen ausgebessert, das Takelwerk, stehendes wie laufendes, muß nachgesehen werden; die Eisen und Lanzen für den Fang des Fisches selber dürfen nicht rosten, und den Bootssteuerern liegt die besondere Pflicht ob, sie blank und im Stande zu halten. Auch der Böttcher an Bord hat seine Arbeit, mit den Fässern zu einem etwaigen Fang gleich bereit zu sein, und der Zimmermann macht sich eine Beschäftigung an den zur Vorsorge mitgenommenen Booten, hier und da morsche Stellen daran zu finden und neue Stücke einzusetzen. Aber in der ganzen Sache ist kein Leben, keine wirkliche Tätigkeit,- man sieht, daß die Leute, die sich schon Monate lang herumgetrieben, eben nur arbeiten, um nicht müßig zu stehen, und von der Arbeit fort schweift bei allen der sehnsüchtige Blick über die leicht gekräuselte Meeresfläche, in der allerdings vergeblichen Hoffnung, vom Deck aus den aufgeblasenen Strahl eines Fisches zwischen dem Blitzen der Wogen zu erkennen. Wäre aber wirklich etwas Derartiges in Sicht, so hätten es die Leute oben in den Masten schon lange angeschrieen.

Theres he blows! (Dort bläst sie.)

Wie auf Kommandowort ruht jede Arbeit – der Böttcher wirft seinen Hammer, der Tischler seinen Hobel hin, und der Kapitän, der unten in seiner Kajüte auf dem Sofa gelegen und gelesen oder geschlafen hat, um die entsetzlich langweilige Zeit eines solchen müßigen Umherfahrens zu töten, springt die Kajütstreppe hinauf, um zu windwärts und nach dem Mann oben im Top zu sehen und die Details über die „aufgekommenen" Fische erfahren zu können.

„Theres he blows!" ruft der Mann oben wieder – und blow – blow – blow – setzt er langsam und gedehnt hinzu, als mehrere Strahlen nacheinander aufschießen, jeden Strahl bezeichnend.

„Wo hinaus zu?" lautet der Ruf vom Deck, und der ausgestreckte Arm des Ausgucks bezeichnet die Richtung: aber der Arm deutet zu windwärts, d. h. gegen den Wind an, und die Bootssteuerer rufen in wilder Eile ihre Bootsmannschaften zusammen, die ersten zu sein, die fertig in See sind – immer eine ehrenvolle Auszeichnung. Das kleine Wasserfaß wird gefüllt, die Butte mit dem aufgerollten Tau für die Harpunen, die auf einem Gestell an der Want dicht über dem Boot gestanden, damit sie dieses durch ihre Schwere nicht schädige, wird hineingelassen, das Boot selber gleitet unter den Krahnen nieder aufs Wasser. Die Leute folgen, wie Katzen an den Außenwänden des Schiffes niederkletternd, die Riemen werden eingelegt, und wie der Harpunier oder boats-header seinen Platz hinten am Steuerriemen eingenommen, stoßen sie ab, und der Bug des scharfgebauten, leichten, kleinen Fahrzeugs strebt schäumend und die Flut an beiden Seiten zurückwerfend der bezeichneten Richtung zu.

Kommen die Fische in leewärts, d. h. unter dem Wind auf, dann können ihnen die Schiffe selber mit vollen Segeln bis zu einer gewissen Entfernung folgen, ohne sie scheu zu machen, und die nun rasch ausgesetzten Boote gleiten ebenfalls mit ihren Segeln geräuschlos und unbemerkt an ihre Beute heran; die Jagd ist in dem Fall auch immer weit schneller gemacht und sowohl sicherer, als auch weit weniger mühsam. Wollte das Schiff aber zu windwärts aufkreuzen, um den Fischen den Wind abzugewinnen, so würde dadurch viel Zeit verloren gehen und die Beute jedenfalls nur höchst selten eingeholt werden. Das Aufrudern ist deshalb, wenn auch das Mühsamste, doch gewiß in diesem Fall das Schnellste und Sicherste, und das Schiff folgt dann mit der zurückgelassenen Mannschaft so rasch es eben kann seinen Booten, um diese nach vollendeter Jagd wieder auf- und einen etwa geworfenen und getöteten Fisch langseit zu nehmen. Die vier Boote des König Harold ruderten denn auch, so rasch sie die elastischen Riemen vorwärts treiben konnten, dem Wind gerade in die Zähne, und kamen nach einer etwa halbstündigen wackern Arbeit in Sicht der ersten „Strahlen" der dort wahrscheinlich spielenden und bald auf-, bald untertauchenden Fische. Von Bord des Walfischfängers wurde ihnen bis dahin mit einem, an einer Stange befestigten und schwarz bemalten runden Korbe das Zeichen gegeben, nach welcher Richtung die Fische sich wandten. Ein dort postierter Matrose mußte diesen nämlich, der auf sehr weithin sichtbar ist, hinaushalten, und die Boote richteten oder änderten danach ihren Kurs.

Ein eigener Wetteifer herrschte bei solcher Fahrt, nicht allein unter den Bootssteuerern und Harpunieren, wer zuerst an einen Fisch „festkommt", sondern unter der ganzen Mannschaft. Es wird zur Ehrensache, welches Boot den ersten glücklichen und auch einträglichen Wurf getan, indem bei solcher Jagd alle, vom Kapitän bis zum Schiffsjungen hinunter, auf Anteil ausgehen, und die Leute tun gewiß ihr äußerstes, um nicht hinter den anderen zurückzubleiben. Die drei schnellsten Boote hatten denn auch heute wieder die beste Aussicht, bald in Wurfsnähe zu kommen, während das vierte, das ein junger, tollköpfiger Ire befehligte, trotz der wirklich verzweifelten Anstrengung seiner Mannschaft nicht imstande war, ihnen nachzukommen. Als sich in den ersten Booten die Bootssteuerer schon zum Harpunenwurf fertig machten, war es wohl noch eine ganze Kabelslänge hinter diesen zurückgeblieben.

Gerade da ging rechts von ihnen, aber freilich noch eine weite Strecke entfernt, ein einzelner Strahl auf, und wenn sich auch die Boote nicht gern zu weit voneinander trennen, um im Fall der Not einander Hilfe leisten zu können, sah doch der hinten an seinem Steuerriemen stehende junge Ire kaum den einzelnen Strahls der ihm auch nach der Richtung zu Fische versprach, als er den Bug seines Bootes blitzschnell herumwarf und, von den übrigen Booten ab dem neu aufgetauchten Wild nachjagte.

In dem Augenblick hatten die andern Boote zu viel mit sich selber zu tun, um darauf zu achten. Die rudernden Matrosen aber, die mit dem Gesicht nach rückwärts im Boot saßen und den veränderten Kurs ihrer Kameraden sahen, konnten sich leicht denken, daß dort ebenfalls Fische aufgekommen waren, und hatten nicht das Mindeste dagegen, einen Konkurrenten auf ihrer Hetze los zu werden. Überdies befanden sie sich näher bei den Fischen, als sie im Anfang selber gedacht, denn als diese plötzlich nach unten gegangen waren und eine Zeitlang fortblieben, während die Boote, so rasch sie konnten, ihren Kurs beibehielten, tauchten sie plötzlich kaum dreißig Schritt vor ihnen wieder empor, und ein Fisch kam sogar in Wurfnähe von dem ersten Harpunier auf, dessen Bootssteuerer denn auch sein Eisen augenblicklich an ihm festwarf. Die andern beiden kamen ebenfalls fest, ehe sie zehn Minuten gelaufen waren; das Eisen des zweiten Bootes riß aber wieder aus und der Fisch ging tief, so daß das zweite Boot, jetzt außer dem Bereich der andern Fische, dem dritten folgte und dessen Beute mit zu sichern suchte, was ihm auch nach einiger Anstrengung gelang. In voller Flucht gingen aber die festgekommenen Fische gerade nach Norden auf, die Boote hinter sich drein reißend, daß die Wellen an ihrem Bug hoch emporschäumten, bis es dem dritten Harpunier zuerst gelang, seine Lanze hinter der Finne eines Fisches einzuwerfen und ihm den Todesstoß zu geben. Der erste Harpunier wurde wohl noch eine englische Meile weit mit fortgenommen, tötete aber den seinigen dann ebenfalls und blieb auf seinen Rudern liegen, das Schiff zu erwarten. Mit dem gewaltigen Fisch im Schlepptau wäre es ihm nicht möglich gewesen zu rudern. So weit hatten sie sich übrigens von ihrem Schiff entfernt, daß sie den Rumpf schon nicht mehr über Wasser sahen, und mühselig genug mußte dieses jetzt zu ihnen gegen die schwache Brise aufkreuzen, wieder und wieder über Stag gehend, um dem Nordost die verlorenen Meilen abzugewinnen.

Die drei Boote sahen sich jetzt auch, freilich vergebens, nach dem vierten um, das ihnen ganz aus Sicht gekommen, und suchten rund um sich her das vielleicht gesetzte hellere Segel desselben irgendwo zu erkennen. Es blieb verschwunden, und sie trösteten sich damit, daß sie es von Bord und den Masten aus wohl jedenfalls im Auge behalten haben und genau die Richtung kennen würden, die es genommen.

Der König Harold war aber keineswegs ein sehr schneller Segler, wenigstens nicht dicht am Wind, und der Nachmittag ging darüber hin, bis es ihm gelang, zu den beiden Fischen aufzukreuzen und sie an beiden Seiten seines Bordes zu befestigen. Der zweite Harpunier war schon früher an Bord zurückgekehrt, um mit der also vergrößerten Mannschaft das Schiff leichter regieren zu können, und ein Mann wurde jetzt wieder mit dem Fernglas nach oben geschickt, sich zu vergewissern, wo das vierte Boot läge, damit man ihm, falls es ebenfalls einen Fisch hätte, lieber alle andern Boote zu Hilfe schicke, um die Beute ins Schlepptau zu nehmen.

„Nun, Sirrah, nach welcher Richtung liegt es?" fragte der Kapitän vom Deck aus, als er die bis jetzt gemachte Beute geborgen wußte und nun auch dem andern Boot seine Aufmerksamkeit zuwandte; „ist es weit von hier?"

„Kann es nirgends finden, Sir!" lautete die Antwort zu-rück, und der Mann begann von neuem den Horizont um den ganzen Kompaß herum zu bestreichen.

„Ach, Unsinn, du brauchst nicht nach windwärts zu se-hen, dahin zu ist es nicht!" rief der Kapitän wieder hinauf; „laß die Sonne rechts und such aufmerksam nach Süden hinüber – dort muß es liegen."

Der Mann gehorchte der Weisung, schaute aber ohne ein Resultat so lange durch das Glas, bis der Kapitän end-lich ungeduldig wurde, selber auf die Schanzkleidung sprang und die Wanten hinauflief, um nach dem Boot auszuschauen. Er fing doch an, unruhig über dessen Ver-schwinden zu werden.

„Da drüben ist es mir schon ein paarmal so vorgekom-men, Sir," sagte der Mann, dem er das Glas abgenommen, während er nach Süd-Südwest hinunter deutete, – „als ob ich einen etwas dunkleren Punkt auf dem Wasser erkennen könnte; wenn ich aber genauer hinsah, war es immer wie-der verschwunden."

„Wo hinaus?"

„Gerade dorthin; etwa in der Richtung, wo die kleine weiße Wolke liegt – vielleicht noch ein wenig mehr nach Westen."

Der Kapitän folgte der angegebenen Richtung eine Zeit-lang mit dem Glas, schüttelte dann mit dem Kopf und fing an, weiter zu suchen. Aber vergebens blieb er oben, bis die Sonne hinter den Horizont sank und dabei alle, auch die geringsten Gegenstände auf das klarste und deutlichste hervortreten ließ. Er konnte nicht das mindeste von dem Boot bemerken, das doch auch jedenfalls um diese Zeit, wo es wußte, daß man es besonders mit dem Glase suchen würde, sein Segel hätte setzen müssen, denn dessen weißer Schein leuchtet dann weit hin über das Wasser. Auch der erste Harpunier war jetzt nach oben gekommen – dem Boote mußte jedenfalls ein Unglück zugestoßen sein, und die Leute fingen an, unruhig deshalb zu werden. Aber auch dieser konnte durch das ihm gereichte Glas nicht das mindeste erkennen, was einem Boot oder Segel glich, und die jetzt rasch einbrechende Dämmerung, der die Nacht in jenen Breiten auf dem Fuße folgt, machte ein weiteres Ausschauen bald unmöglich. Dem Kapitän des König Harold blieb aber keine Wahl, was er in diesem Fall zu tun habe. Auf- und abkreuzen konnte er schon der langseits genommenen Fische wegen nicht, hätte er aber nur eine Richtung gewußt, wohin er halten solle, würde er doch vielleicht selbst die gemachte Beute im Stich gelassen haben, um seine verlorenen Leute wieder aufzufinden. So aber hatte er noch immer die Hoffnung, daß er sie in See finden würde, und dorthin trieb jetzt überdies das Schiff, an dem alle Segel aufgegeit waren, mit dem Passat und der Äquatorialströmung. War dann am nächsten Morgen noch nichts von dem Boot zu sehen, so konnte er, was über Nacht von den Fischen noch nicht eingeschnitten worden, mit einer darauf gesteckten Flagge zurücklassen, und nach dem verlorenen Boot umherkreuzen. Lieber Gott, immer ein verzweifelter Versuch, verlorene Boote wieder anzutreffen. Die See ist so entsetzlich groß, und hatten die Leute wirklich ihr Boot verloren und schwammen auf dem Wasser – wo sie finden? Es wäre das auch eben nur geschehen, um sich selber nicht den Vorwurf machen zu müssen, daß man einen Teil der Kameraden leichtsinnig aufgegeben habe.

Die höchste Wahrscheinlichkeit blieb immer, daß ein verwundeter Spermfisch das Boot zertrümmert hatte und die Mannschaft nicht imstande gewesen war, sich lange mit Schwimmen an der Oberfläche zu halten. Die See war freilich ruhig genug, aber der furchtbare Hai wittert rasch das Blut eines geworfenen Fisches, und wie jetzt sechs oder sieben dieser gierigen Burschen ihr Schiff umschwammen und ungeduldig das Anschneiden der Beute erwarteten, daran herumzerrten und rissen, und doch die scharfen Fänge nicht in die riesige zähe Masse einschlagen konnten, so waren sie auch sicher dort aufgekommen, wo sich das andere, vermißte Boot befand, und wehe den Unglücklichen, die, des schützenden Fahrzeugs beraubt, ihrem Heißhunger preisgegeben wurden.

Freilich blieb noch immer die Möglichkeit, daß das unbeschädigte Boot durch die Jagd nur zu weit nach Lee zu verschlagen worden, um so bald wieder aufrudern zu können; ein Boot ist nur ein kleiner Fleck auf dem ungeheueren Ozean und kann bei dem besten Fernrohr wohl dem Auge entgehen.

Dann wußten sie aber auch recht gut, welcher Richtung sie zu folgen hatten, und um ihnen die auch für die Nacht klar und deutlich anzugeben, wurden zwei Laternen auf dem Vor- und Haupttop befestigt, damit sie dem Schiff nicht etwa in der Dunkelheit vorbeiruderten. Nach Dunkelwerden dann, um Mitternacht und vor der Morgenwache ließ der Kapitän ebenfalls die kleinen Kanonen lösen, die er auf dem Deck stehen hatte, um auch durch deren Schall dem Boot die Richtung anzudeuten; aber umsonst, die Nacht verging und von den Vermißten war nichts zu hören noch zu sehen.

Das Einschneiden der Fische ging indessen rüstig vor sich; der Blubber oder Speck war angestoßen und wurde mit einem besonders dazu eingerichteten Windewerk aufgeholt, und selbst das Auskochen begann zugleich mit dem Anbordnehmen, um keine Zeit zu versäumen und das unter der Linie sonst leicht in Verwesung übergehende Material aus dem Wege zu bekommen. Große, mit Streifen Blubber genährte Fackeln hingen in einer aus Eisenbändern gefertigten Axt von Käfig oder Netz über Bord und warfen ihren blutroten, flammenden Schein über ein wildbewegtes, reges Bild. Noch vor Mittemacht war auch der eine gewaltige Fisch schon eingeschnitten, und mit dem schwermächtigen Blubberhaken wurde der riesige Kopf, der im Wasser noch von der Wirbelsäule abgestoßen worden, ganz an Bord gehoben, so daß sich das Schiff unter der gewaltigen Last neigte, als er über die Seite kam.

Mit Tagesanbruch, wo die ganze Mannschaft schon scharf an dem zweiten Fisch arbeitete, mußten aber wieder ein paar von den Harpuniern, jeder mit einem Fernrohr, nach oben, und vergebens hatten sie schon bis zu Sonnenaufgang den Horizont nach jeder Richtung hin abgesucht und nichts entdecken können, als der Blick des ersten Harpuniers auf einen dunkeln Punkt in dem jetzt hellblitzenden Wasser traf und diesen festhielt. Die Entfernung war aber selbst für das gute Glas zu groß, etwas Genaueres unterscheiden zu können, nichtsdestoweniger wurde der Kapitän gleich darauf in Kenntnis gesetzt, der dann ebenfalls nach oben kam. Jedenfalls schwamm dort irgendetwas auf dem Wasser, was es auch sein mochte, aber es lag zu windwärts. Sie mußten in der Nacht daran vorbeigetrieben sein, und um sich erst davon zu überzeugen, was es sein könne, wurde der zweite Harpunier mit seinem Boot beordert, hinzufahren. Wenn auch nicht das vermißte Boot, denn so sah es nicht aus, war es möglicherweise ein toter Walfisch und lohnte nicht allein die Mühe, danach zu sehen, sondern konnte sie auch auf die Spur der Verlorenen bringen, da der Fisch, wenn er von ihnen geworfen worden, jedenfalls noch eine der Schiffsharpunen oder „Eisen" in sich trug.

Der Befehl wurde hinunter an Deck gerufen, und wenige

Minuten später stieß das Boot schon vom Bord und schoß, von den vier kräftigen Riemen getrieben, pfeilschnell der Richtung zu, die ihm von dem Hauptmast aus, durch den ausgehaltenen Korb fortwährend angedeutet ward. Der Kapitän aber blieb oben in der großen Bramstengensalung, um den einmal gefaßten Punkt nicht wieder aus dem Glas zu verlieren und den Erfolg des Bootes beobachten zu können.

Wohl eine halbe Stunde war dieses indes, nur dem Zeichen vom Bord aus folgend, gerudert, ohne selber etwas nach vorn wahrnehmen zu können, als endlich der vorn im Boot auf der Back stehende Harpunier einen dunkeln Gegenstand gerade vor sich und dicht über dem Wasser zu erkennen glaubte. Der eingezogene Korb an Bord zeigte ihnen ebenfalls, daß sie die rechte Richtung hätten, und nicht lange mehr dauerte es, so rief der Harpunier plötzlich, indem er sich nach seinen Leuten halb umwandte und mit dem Arm nach vorn deutete:

„Greift aus, meine Burschen, greift aus – das ist bei Gott ein Mensch, der da auf einem Floß oder Boot oder sonst was steht – greift aus, denn wie mir scheint, kommen wir eben noch zur rechten Zeit!" Dann ein lautes „Hallo!" ausstoßend, suchte er dadurch den Gegenruf von da drüben zu erwecken; aber kein Laut antwortete ihm, und indem sie nun alle Kraft in den Druck der Ruder legten, daß sie sich fast zum Zerspringen bogen, schäumte das scharfgebaute schlanke Fahrzeug seinem wunderlichen Ziel entgegen.

„Ein Mann! ein Mann!" riefen aber auch die Leute jetzt im Boot, die neugierig den Kopf nach ihm wandten, und: „Damn my eyes!" brummte der Bootssteuerer, der ebenfalls mit dem Steuerriemen in der Hand hoch im Boot stand – „if that ai'nt Patrick!" (Verdamm meine Augen, wenn das nicht Patrick ist.)

„Patrick, by God!" rief auch jetzt der Harpunier – „aber wo sind die anderen?" Jede weitere Frage erstarb jedoch in den neuen Ausrufen des Staunens, als sie näher kamen und nicht allein wirklich den vierten Harpunier, den jungen Iren Patrick, in dem Schiffbrüchigen erkannten, sondern auch fanden, daß er keineswegs auf einem Floß oder umgedrehten Boot, sondern auf einem toten Spermfisch kniete, der mit seiner Last einige Zoll unter der Oberfläche des Wassers lag. – Die linke Hand hatte er dabei um das kurze Tau einer noch in dem Blubber steckenden Harpune geschlagen, was ihn allein auf seinem schlüpfrigen Stand gehalten, und mit der rechten hielt er den Harpunenstiel, den er von der Leine losgeschnitten, so krampfhaft umfaßt, daß er ihn nicht einmal lassen wollte, als das Boot an ihn hinanschoß, und sich aller Arme nach ihm ausstreckten, um ihm hineinzuhelfen.

Der arme Teufel sah totenbleich aus und brachte keinen Laut über die Lippen – ja sein Blick schweifte wild und stier selbst über die Kameraden hin, als ob er sie nicht mehr kenne. Wie mechanisch nur richtete er sich selber auf, in das Boot zu steigen, brach aber dort, sobald er nur die festen Planken unter sich fühlte, ohnmächtig zusammen. Er hatte eine furchtbare Nacht durchlebt, und wir müssen zu dem Augenblick zurückgehen, wo er mit seinem Boot die übrigen verließ, um den einzeln ankommenden und von der übrigen School abschwimmenden Fisch zu verfolgen.

In etwa fünfhundert Schritt Entfernung von dem Pottfisch ruderten sie hinter ihm drein und gewannen an ihn, wie er mehrmals untertauchte und dann langsam, keinen Feind hinter sich ahnend, wieder nach oben kam. Mehr und mehr drehte er dabei von dem bisher gehaltenen Kurs ab, möglicherweise vielleicht, um in einem weiten Bogen zu dem früheren Spielplatz zurückzukehren; aber auch diesen Kurs änderte er wieder und zog jetzt, während das Schiff selber, wie man im Boot recht gut sehen konnte, über den andern Bug von ihnen fort lag, gerade gen Westen mit Wind und Strömung. Patrick, wie vorher bemerkt, der Harpunier oder boats-header des vierten Bootes, ließ nun, da ihnen der Wind günstig geworden, sein Segel setzen, um dem Fisch desto schneller und geräuschloser folgen zu können. Dieser aber, ob er nur so auf eigene Faust in rasche Fahrt kam, oder doch, trotz aller Vorsicht, etwas von den Verfolgern gewittert hatte, lief jetzt so schnell durch das Wasser, daß selbst das leichte Boot mit einer günstigen Brise nur wenig an ihn gewinnen konnte. Da plötzlich, als sie nach mühsamer Arbeit schon fast in Wurfnähe hinangekommen und der Bootssteuerer auch bereits zum Wurf mit seinem Eisen ausholte, ging er nach unten, und das Boot schoß im nächsten Augenblick über die Stelle hin, in der die Flut noch hinter dem gesunkenen Ungetüm kräuselte und wirbelte.

„Segel ein!" scholl da der rasch und dringend gegebene Befehl des Harpuniers; die kleine Raae fiel im nächsten Augenblick, das Boot glitt nur noch langsam, einmal im Schuß, ein Stück weiter auf seiner Bahn, und der Bootssteuerer stand, auf den Wink seines Obern, mit gehobener Harpune still und regungslos vorn im Boot, um gleich zum Wurf bereit zu sein, wenn der Fisch sich wieder zeigen sollte; aber er selber zweifelte, daß das Tier hier wieder nach oben kommen würde, und deutete, fragend dabei den Harpunier ansehend, weiter nach vorn. Dieser, obgleich noch jung an Jahren, war doch ein alter Walfischfänger, und die ganze Art, wie der Fisch niedergegangen, schien seine Vermutung zu rechtfertigen, daß er hier nur einen plötzlichen Halt gemacht und nicht weit gehen würde, bevor er aufs Neue zur Oberfläche käme. Während das

Segel nun an den Mast flappte und der Harpunier das Schotenfall desselben noch um die Hand gewickelt hielt, um keinen Augenblick zu verlieren, wenn sie dennoch die Verfolgung wieder aufnehmen müßten, sahen die Leute an den jetzt leise wieder vorgenommenen und für jeden Fall eingelegten Rudern aufmerksam in die klare Flut unter sich nieder, in der allerdings etwas Ungewissen Hoffnung, den vielleicht darunter hinschwimmenden Fisch zu sehen und seine genommene Richtung dadurch bestimmen zu können.

„Da schwimmt was!" rief plötzlich einer der Leute mit halbunterdrückter, erschreckter Stimme – „gerade von unten herauf!"

„Pst!" warnte aber der Ruf des Offiziers – „leise – leise! Ihr scheucht ihn fort! Wo?"

„Da kommt er –da kommt er!" kreischten aber drei oder vier Stimmen jetzt zu gleicher Zeit, und fast instinktartig griffen sie nach den Rudern.

„Zurück mit euch – zurück – um euer Leben!" schrie aber auch in diesem Augenblick der Harpunier, der, über Bord gebeugt, die hellgrüne, riesige Gestalt blitzesschnell aus der Tiefe herauftauchen sah und die Gefahr recht gut kannte, der sie ausgesetzt waren, wenn der Koloß ihr Boot so im Aufkommen nur leise traf. Fast in demselben Augenblick fielen auch die Ruder in das Wasser, und das Boot, von dem Gegenschlag derselben zurückgeschnellt, konnte kaum um seine eigene Länge den Platz geräumt haben, als der riesige, abgestumpfte Kopf eines mächtigen Spermfisches, den weiten, schmalen Rachen halb geöffnet, an die Oberfläche tauchte. Mit dem halben Kopf schnellte er zugleich darüber hinaus, um gleich darauf mit einem gewaltigen Satz, das Wasser dabei in vollen, dicken Strahlen seitwärts abstoßend, nach vorn zu schießen und dem fremden Gegenstand, dem

Boot, das er jedenfalls gesehen haben mußte, zu entgehen.

Vorn im Boot und dicht über dem „Berg von Blubber" der sich eigentlich unter seinen Füßen aus der Flut hob, stand der Bootssteuerer mit gehobenem Eisen; aber sein Arm zitterte, und noch im Bereich des furchtbaren Gegners, der sie mit einem Schlag zermalmen konnte, wagte er es nicht, die Harpune in den fliehenden Koloß zu schleudern. „Wirf – wirf ins drei Teufels Namen!" schrie aber Patrick, die Gefahr total mißachtend und in dem Moment nur ihrer Jagd gedenkend, die ihnen die Beute fast in Armes Bereich gebracht, – „Mensch, du läßt dir ja den Fisch unter den Händen weg!" Und die eigene Lanze ergreifend, schien er den Augenblick mit wilder Lust zu erwarten, wo er den scharfen Stahl hinter die Finne des Wildes schleudern könnte.

Noch zögerte der Bootssteuerer, aber es waren nur Sekunden, die ihm zum Besinnen blieben, denn ließ er den günstigen Moment unbenutzt vorbei, so war die Frage, ob er bei dem jetzt scheu gemachten Fisch je wiederkehrte. Aber das Segel, von des Harpuniers Hand rasch angezogen und gehalten, hatte schon den Wind gefaßt, und indem er den Steuerriemen scharf gegen die Hüfte preßte, um den Bug des Boots herumzubringen, ließ er es schäumend hinter dem flüchtigen Fische dreinfliegen. Und jetzt sauste die Harpune, von der kräftigen Hand des jungen Engländers geschleudert, tief in den Rücken des Gegners und haftete in dem zähen Blubber. Im Nu war das Segel niedergenommen, waren die Ruder eingeworfen, und der Bootssteuerer gab jetzt, indem er zurücksprang und seinen Platz am Steuerruder einnahm, dem Harpunier Raum, die Lanze zu werfen und dem Leviathan der Tiefe den Todesstoß zu geben. Der Harpunier ist nämlich der erste Offizier in einem Walfischboot, der Bootssteuerer der zweite; im

Anfang der Jagd haben aber beide ihre Plätze gewechselt oder vielmehr die rechten noch nicht eingenommen, denn der Harpunier steuert das Boot an den Fisch hinan, was eine sehr sichere, geübte Hand erfordert, und der Bootssteuerer steht vorn mit der Harpune, den Fisch zuerst zu werfen und an ihn festzukommen. Hat aber die Harpune gefaßt, dann nimmt der eigentliche Harpunier mit der Lanze (eine wirkliche Wurflanze ohne Widerhaken) zum Töten des Walfisches den Platz vorn im Boot ein; sein Wurf muß gerade hinter die Finne auf einen etwas ausgehöhlten, dunkleren Fleck treffen, wo das mächtige Tier allein tödlich verwundet werden kann.

Die Leine, an der die Harpune saß, sauste indessen durch die vorn auf dem Boot zu dem Zweck angebrachte offene Klüse (Stoßpinne), und das Boot schoß blitzschnell hinter dem herüber und hinüber zuckenden Fisch drein. Patrick stand jetzt vorn im Boot, die Lanze zum Wurf aufgehoben, und die Leute holten mit Macht Leine ein, um ihr kleines Fahrzeug wieder zum Todesstoß für den Gefangenen an ihn hinan zu ziehen.

Jetzt hatten sie ihn erreicht, Patrick bog sich zurück, und während der Schwanz des riesigen Tieres fast dicht neben ihnen in das Wasser schlug und es sich hob, um der ihm jetzt bewußten Gefahr zu entgehen, sauste der tödliche Stahl in die weiche Flanke des Feindes tief hinein. Im Nu riß sie aber der Harpunier mit einem triumphierenden Blitzen der Augen zurück, den Stoß zu wiederholen, als sich der Fisch in Schmerz und Todeswut so rasch und plötzlich wandte, daß die See, seine Seiten peitschend, zischte und schäumte.

„Dickes Blut, dickes Blut!" jubelten die Leute in diesem Augenblick, aber „Zurück!" schrie die Stimme des Harpuniers in lautem, gellendem Ton, und wie sich der Bootssteuerer mit ganzem Gewicht in seinen Riemen warf und weit hinaus über das Boot lehnte, um den Bug desselben rasch herum zu werfen, und bevor die Leute selbst ihre Ruder in die Dollen werfen konnten, kam der gereizte Wal, der seinen Feind jetzt so dicht vor sich sah, mit offenem Rachen heran. Mit halbem Wurf sich dabei aus dem Wasser schleudernd, hielt er den riesigen Rachen geöffnet, und während das Boot seinen Bug herumwarf, ihm zu entgehen, faßte er es gerade in der Mitte und riß, es mit seinen Kiefern zusammenpressend, die dünnen Planken auseinander, als ob sie von Papier gewesen wären.

Patrick sah die Gefahr und wußte im ersten Augenblick, was ihnen bevorstand. Mit ruhiger, fester Hand schleuderte er aber dennoch die schon wieder erhobene Lanze gerade nach dem Auge des Feindes, das er traf und durchbohrte – aber das Boot konnte er damit nicht retten. Das wütende Tier fühlte im Todeskampf vielleicht nicht einmal die neue Wunde; nur das dicke, schwarze Blut ausblasend und allein noch in dem einen Bewußtsein der Rache knirschte es das Boot zusammen, und die schäumende blutige Flut wirbelte im nächsten Augenblick über eine Masse von Trümmern und Schwimmenden, die in dem nächsten Gefühl der Erhaltung ein Brett zu fassen suchten.

Patrick selber hatte fast unbewußt und krampfhaft noch im Sturz die Leine gepackt, an der die Harpune saß. Als sie sich um seinen Arm schlang, riß sie ihn wenige Minuten später mit fort durch die blutige Flut, hinaus in freies Wasser und nach unten; er wäre verloren gewesen, wenn der Fisch nur noch für Sekunden länger Leben behalten hätte. Aber der erste Wurf hatte ihn zu sicher getroffen; wieder nach oben kommend, schwamm er ein-, zweimal im Kreise herum, peitschte mit den riesigen Flossen die zitternden Wogen um sich her und trieb dann langsam und tot in der blutigen Flut.

Patrick, der mit ihm wieder nach oben gekommen und von dem getöteten Fisch so unfreiwillig ins Schlepptau genommen war, zog sich jetzt rasch zu dem mit der Oberfläche gleichschwimmenden Koloß hin, die dort noch haftende Harpune ergreifend, half er sich in demselben Augenblick hinauf, als ein wilder Schrei dicht hinter ihm ertönte. Erschreckt wandte er sich danach um – der Hilferuf klang gar zu entsetzlich und markdurchschneidend,- aber ihm selber stieß es wie mit einem Messer ins Herz, als er, gar nicht weit von sich entfernt, die dunkeln Flossen zweier Haie erkannte, die rasch und gierig herüber- und hinüberschossen, während das Gurgeln im Wasser und das Peitschen der Wogen dicht hinter ihm die Stelle verriet, wo einer seiner Kameraden in den erbarmungslosen Fängen einer dritten Bestie den Todeskampf kämpfte.

Wie sich die Geier und Raben um ein sterbendes Vieh sammeln, so steigt aus dem Grunde herauf der Hai, plötzlich und unerwartet, dem Schwimmer zum Verderben, und was er einmal gefaßt, das ist auch sein, und er hält es, sich herumwirbelnd, wie in eisernen Fängen.

Hier und da trieben jetzt noch einzelne der Unglücklichen aus dem zerschmetterten Boote, die sich teils an die Überreste desselben geklammert, teils einen Riemen gefaßt hatten, sich über Wasser zu halten; aber nur noch drei waren übrig von all den kräftigen, lebensfrohen Gestalten, die leck und trotzig noch wenige Minuten vorher der Gefahr ins Auge geschaut, und die Hyänen der Tiefe wüteten jetzt unter ihnen. Was half der mit dem Arm nach ihnen geführte machtlose Schlag, was der gellende Aufschrei der Verzweiflung – es war Musik in den Ohren der kalten furchtbaren Raubtiere mit den Katzenaugen und der riesigen Kraft, und der blutige Schaum, der in der nächsten Sekunde auf der Oberfläche des Meeres schwamm, war das Leichentuch der Unglücklichen und bezeichnete ihr Grab.

„Das ist furchtbar!" stöhnte Patrick, der kaum die Kraft behielt, sich auf dem ihn jetzt noch schützenden Körper des Wals zu halten – „furchtbar, so enden zu sollen, fern von jeder Hilfe!" – Und das Auge suchte verzweifelnd das rettende Schiff, das weit, weit am Horizont von ihm ab kreuzte, den andern Booten nach. Und wenn sie ihn dann auch vermißten und suchten, und das Boot mit dem Glas nicht mehr finden konnten, und hier tagelang auf- und absegelten, was half es ihm? – Nur Stunden, Minuten vielleicht waren ihm noch gegeben, und seine Henker wälzten und jagten sich um ihn her und sprangen und tauchten in wilder, befriedigter, aber nimmer gesättigter Lust.

Schaudernd barg er das Gesicht in die Hand, die eigene Gefahr fast vergessend, nur den Todeskampf der Kameraden nicht zu sehen – war es ja doch ein Spiegelbild dessen, was ihn selber erwartete. Aber das Zischen und Schlagen des Wassers um ihn her zwang ihn zuletzt, mit dem Instinkt der Selbsterhaltung, der sich bis zum letzten Augenblick selbst an den Strohhalm klammert, auf eigene Rettung zu denken oder sein Schicksal doch wenigstens so lange hinauszuschieben wie möglich, um der Möglichkeit einer Hilfe überhaupt noch Raum zu geben.

Die Harpune in dem Rücken des Wals, die er, um ihr mehr Festigkeit zu geben, noch tiefer in den Blubber hineindrückte, bot ihm eine Stütze, sich auf der schlüpfrigen, glatten Masse zu erhalten, denn wenn er auch ein paarmal daran dachte, das Eisen herauszuschneiden und sich desselben als Schutzwaffe gegen den gierigen Hai zu bedienen, mußte er den Gedanken doch immer wieder aufgeben. Hinuntergespült in die Flut, wäre selbst das scharfe Eisen nicht Wehr genug gegen den schnellen Hai gewesen, der, herüber- und hinüberschießend, sein Opfer doch zuletzt gefaßt und dann, trotz allen ihm vielleicht versetzten Wunden, in die Tiefe gezogen hätte.

Aber eins konnte er tun. Der Stiel der Harpune, ein kurzer, stämmiger Eichenstock von vielleicht zwei Zoll im Durchmesser, stak noch im Eisen fest; den zog er heraus, befreite ihn mit dem kurzen Messer, das in seinem Gürtel hing und das jeder Matrose bei sich trägt, von der Leine und behielt noch Zeit, diese von der Harpune zu lösen und wieder daran zu befestigen. Indem er nun die Harpunenleine zum besseren Halt um seine linke Hand schlang, faßte er den stämmigen Stock jetzt mit frohem Selbstvertrauen in die Faust und sah mit gebissenen Zähnen und neuerwachtem Mut dem ersten Angriff des Feindes entgegen, der indessen lange auf sich warten ließ.

Die Haie waren für den Augenblick gesättigt und spielten mehr in den Strömen des Blutes, die rings das Wasser färbten, als daß sie nach neuer Beute verlangten. In dem Blute selbst hatten sie auch weiter keine Witterung mehr und suchten nur manchmal, wenn auch vergebens, einen Halt an dem schlüpfrigen, breiten Körper zu bekommen, ja schwammen auch wohl faul und schläfrig hinter den aus dem Boot geschlagenen, treibenden Brettern und Riemen her, hier eins fassend und eine Weile im Rachen haltend, dort eins mit dem runden, schaufelförmigen Oberkiefer vor sich hin stoßend.

Das Wetter war glücklicherweise still und ruhig und nur der Ostpassat warf leichte Wellen, in deren Wogen der Fisch sich ebenfalls hob und senkte; aber keiner der Haie war bis jetzt so nahe gekommen, daß er ihn gesehen oder, wenn gesehen, beachtet hätte, und er hoffte schon, vielleicht unangegriffen seinen Platz behaupten zu können, bis das Schiff zu seiner Rettung herbeikäme oder wenigstens

seine Boote schickte. Aber wo war das Schiff? – Heiliger
Gott, keine Aussicht auf Entsatz noch in langer Zeit, denn
selbst auf die Entfernung hin konnte es dem Auge des See-
manns nicht verborgen bleiben, daß es noch immer von
ihm abhalte, in den Wind hinein. Die andern Boote waren
ebenfalls festgekommen und, mit den genommenen Fischen langseits, gar nicht einmal mehr imstande, nach ihm
zu suchen.

Die Sonne brannte ihm dabei heiß und sengend auf den
Scheitel und die Zunge klebte ihm am Gaumen. Wasser! –
die kühle Flut netzte seinen Fuß, und er sollte darin ver-
schmachten? – Er kniete nieder und wusch sich Stirn und
Schläfe und Augen und Lippen, um einige Kühlung in der
Glut zu haben, dann band er sich, da er beim Zerschlagen
des Bootes auch seinen Hut mit eingebüßt, sein Taschen-
tuch über den Kopf, um ihn gegen die stechenden Strahlen
zu schützen.

Durch diese Bewegung mußte aber einer der Fische auf
ihn aufmerksam geworden sein, derselbe mochte wohl,
wenngleich gesättigt und übersättigt, doch die Gier nach
neuer Beute nicht mäßigen; denn wie er den Kopf eben
emporrichtete, bemerkte er, daß eine der größten ihn umschwimmenden, hoch aus dem Wasser ragenden dunkeln
Rückenflossen gerade und rasch auf ihn zu geschwommen
kam. Er behielt auch in der Tat kaum Zeit, sich emporzu-
richten und mit seiner Wehr zum Schlag auszuholen, als
ein tüchtiger Bursch von vielleicht dreizehn Fuß Länge
herangeschossen kam und sich mit der gerade steigenden
Woge halb um auf den Rücken des Wals drehen wollte, um
herunterzulangen, was sich noch dort oben befand. Mit der
Gefahr kehrte aber dem Seemann all der frische tollkühne
Mut zurück; den schweren Harpunenstock in der Rechten
und mit der Linken das Tau noch immer gefaßt, um seinen

festen Stand zu bewahren, traf er den eben die Oberfläche berührenden Kopf des Ungetüms mit so kräftigem, gut gezieltem Schlag, daß der Hai halb betäubt von dem Fisch zurückglitt und wegsank, ehe er sich zu einem neuen Angriff rüsten konnte. Aber andere Haie hatte das Geräusch, das Plätschern und Schlagen herbeigelockt, und wenn sie auch nicht gleich einen unmittelbaren Angriff auf das kecke Menschenkind machten, das ihnen in ihrem eigenen Element zu trotzen wagte, so umschwammen sie doch den Ort, wo er stand, in immer engeren Kreisen und kamen ein paarmal so nahe, daß Patrick sie mit dem starken Ende des Holzes genugsam über die Kiemen traf, um ihnen für die Zukunft Respekt einzuflößen. Der Hai ist aber ein gierigstöckisches Vieh und kehrt, wenngleich selbst schwer verwundet, immer wieder zu einer einmal gewitterten Beute zurück, solange er nur noch die Kraft dazu in sich fühlt. So auch hier. Wieder und wieder mußte sie das schwere Holz belehren, daß hier noch nichts für sie zu holen sei, wenigstens solange nicht, als sich der junge Ire noch stark genug fühle, gegen Hunger und Durst, gegen die sengenden Sonnenstrahlen und gegen die stete furchtbare Anstrengung seiner Nerven in der entsetzlichen Gefahr anzukämpfen.

Und das Schiff? – keine Rettung von dort! Tiefer und tiefer sank die Sonne und weit zu windwärts noch lag das Schiff mit seinen hell schimmernden Segeln. Gieriger aber wurden die ihn umschwimmenden Bestien, die vergebens ihre Fänge in die zähe Haut des Spermfisches einzuschlagen suchten, und wie die Sterne sich im Osten entzündeten und nach und nach über den ganzen Himmel flammten, sah er die glühenden Strahlen in der phosphoreszierenden Flut herüber und hinüber streichen, wie die Fische zu und abwärts schwammen und ihn in immer engeren Kreisen umzogen; die Gefahr für ihn wuchs mit der Nacht.

Wohl erkannte er die für ihn ausgehangenen Laternen seines Schiffes, ja er sah als es völlig dunkelte, den hellen Feuerschein der Blubberlampen und das matte Licht sogar, das von den Kochöfen der Transieder ausging und in den aufgegeiten Segeln seinen Widerschein fand; aber was half ihm das? Wie durfte er hoffen, von dem Schiffe aus in dunkler Nacht gesehen und aus seiner furchtbaren Lage gerettet, befreit zu werden? Und würden menschliche Kräfte bis zum nächsten Morgen das so ertragen können? Er war kaum noch imstande, sich auf den Füßen zu halten, und suchte kurze Erholung wenigstens darin, daß er minutenlang oder solange ihn die immer wieder näher kommenden Fische in Ruhe ließen auf seinem wunderlichen Floß kniete. Einmal versuchte er sogar, sich, wenn auch im Wasser, oh nur ein einziges Mal der Länge nach auszustrecken. Vergebene Hoffnung! Seine Peiniger ließen ihn nicht ruhen und die Gefahr war zu furchtbar nahe, von ihnen überrascht, gefaßt und seinem Tode entgegengerissen zu werden. Der gierigste der Burschen, ein junger Fisch von kaum mehr als acht Fuß Länge, packte sogar einmal die Harpune selbst, hinter die er getreten, und hielt sie lange genug, um von der zurückweichenden Welle halb trocken auf dem Spermfisch gelassen zu werden. Da traf ihn aber Patricks Harpunenstiel dermaßen über den tückisch drohenden Schädel, daß er betäubt von dem schlüpfrigen Wal zurückglitt, das Weiße vom Bauche aufdrehte und versank. Aber andere nahmen seinen Platz ein, der Glutenstreif, den sie im dunklen Wasser zogen, verriet ihr Nahen und mahnte den Unglücklichen jedesmal, dem neuen Angriff die Stirn zu bieten.

Stunde um Stunde verging so in dem entsetzlichen Ringen um sein Leben; aber neue Hoffnung erwachte in ihm,

als das Schiff näher und näher kam und der wieder abge-
feuerte Schuß hell und klar zu ihm herübertönte. Jetzt
konnte er schon das Deck selber erkennen, ja die Gestalten
sogar, die sich in dem Lichte hin und her bewegten.
„Ahoy!

– oh ahoy!" tönte sein wilder,  verzweifelter Schrei hinüber zu den Kameraden, die, ohne ihn zu bemerken, an
ihm vorübertreiben wollten.

– „Ahoy!"

Wieder galt es sein Leben zu verteidigen, denn die Fische, von dem Ruf der menschlichen Stimme angelockt,
kamen von allen Seiten herbei, und die dunkeln Rücken
streiften und teilten die Oberfläche des Wassers an vielen
Stellen. Da und dorthin traf sein Schlag, das Ende des
zähen Holzes war schon zersplittert von den verzweifelten
Streichen – Streiche, die einen Stier betäubt haben würden,
aber bei dem Hai nur höchst selten mehr Wirkung ausüb-
ten, als ihn auf kurze Zeit zurückzutreiben.

Und das Schiff? – da drüben trieb es, fast in Rufes Nähe; wieder schmetterte ein Kanonenschuß zu ihm herüber
und er benutzte die darauf folgende Pause aufs Neue, den
gellenden Hilferuf dorthin zu senden, wo so nah und doch
ihm unerreichbar die Rettung lag. Aber der Wind kam von
dort herüber; so deutlich er den Schall des Geschützes
hörte, ja selbst dann und wann den einzelnen Laut einer
Stimme an Deck zu unterscheiden glaubte, so wenig vermochte sein eigener Ruf hinüber zu dringen. Nur die Fein-
de um ihn her machte er mehr und mehr rege und gierig,
und ihre Angriffe wurden häufiger. – Was die Hoffnung
auf Rettung bis dahin wach gehalten, seine Kraft, sein
guter Mut –  sie sanken, als er das Schiff vorbeitreiben sah,
sanken, als ihm kein Mittel geblieben war, seine Nähe zu
verkünden. Nur der krampfhafte, fast unbewußte Trieb der

Selbsterhaltung ließ ihn noch gegen den Angriff der gierigen Bestien bis zur letzten Kraft, zum letzten Atemzug sich verteidigen.

So schwand die Nacht; das südliche Kreuz am Himmel drehte sich langsam – langsam nach Westen; und hinten im fernen Ost dämmerte der Tag. Er sah das noch – erkannte, wie die Sonne dem Meer entstieg, erkannte wieder die Umrisse seines Schiffes, die schlanken Masten und die aufgegeiten Segel, wollte noch das Letzte versuchen, sein Dasein zu verkünden, und suchte das Hemd auszuziehen und es zu schwenken, dem Ausguck im Mast ein deutliches Zeichen – er vermochte es nicht mehr. Die Glieder waren ihm starr und steif, selbst die Stimme versagte ihm den Dienst und verschwand in ein leises Röcheln. Seine Augen brannten, der Kopf wirbelte ihm und eine neue wilde Idee, wie ein Irrlicht auf weitem Meer, blitzte in ihm auf und schien alles andere, jeden Gedanken an Hilfe oder Rettung, jede Hoffnung und jeden weiteren Blick um sich her zu verdrängen.

Er fing an, unter den ihn noch immer rastlos umschwimmenden Haien sich den einen auszusuchen, auf den er sich werfen und den er mit dem kurzen, scharfen Messer, das er trug, zugleich mit sich vernichten wollte. Wieder und wieder hatte ihn der bedrängt und ihm nicht auch nur eine Stunde lang Ruhe noch Rast gelassen; immer aufs Neue, wenn auch immer wieder mit dem schweren Holz empfangen und zurückgeschlagen, kehrte er zurück, der gierigste unter der gierigen Schar, und Rache wollte er nehmen an dem.

Aber die Kräfte verließen ihn, die furchtbare Aufregung seines Geistes und Körpers drohte ihn zu bewältigen. Während die Haie seit Tagesanbruch, wenn sie auch nicht den getöteten Wal verließen, doch keinen direkten Angriff mehr auf den Mann machten, der ihnen ja doch bald zur

Beute fallen mußte, war er in die Knie gesunken und folgte halb bewußtlos mit den Blicken den dunklen dräuenden Flossen. Er hatte das Schiff ganz vergessen.

Das laut herübergerufene Hallo! des rettenden Bootes weckte ihn zuerst aus seiner Betäubung – er sah das Boot, aber er schien kaum zu begreifen, was es wolle und wo er sich eigentlich befinde. Aber er richtete sich noch einmal auf – fühlte sich von anderen Armen unterstützt, von freundlichen, herzlichen, ermutigenden Worten begrüßt und sank ohnmächtig zurück.

Der Harpunier hatte nun allerdings Order bekommen, wenn er den dunklen Punkt, den sie von Bord aus gesehen, erreichte und einen toten Walfisch finde, durch das Wehen einer mitgenommenen weißen Flagge ein Zeichen zu geben und dann dort zu bleiben, bis ihm die anderen Boote zu Hülfe geschickt werden konnten, um den toten Fisch ins Schlepptau zu nehmen. Sie hatten aber nicht erwartet, einen einzelnen, halbtoten Kameraden darauf zu finden. Er gab deshalb wohl das Zeichen und stieß die mitgenommene Flagge in den Körper des toten Wals, damit die anderen Boote den Platz finden könnten, ruderte aber dann, so rasch ihn die Riemen seiner Leute vorwärts zu bringen vermochten, mit dem Geretteten zum Schiff zurück.

Drei von den Haien, die sich die schon sicher gehoffte Beute nicht so leicht wieder wollten entreißen lassen, folgten dem Boote und wurden von dem Harpunier, der sich wohl denken konnte, wie sie den Kameraden dort geängstigt und bedrängt, einzeln mit der Lanze geworfen und erlegt.

www.ingramcontent.com/pod-product-compliance
Lightning Source LLC
Chambersburg PA
CBHW020047030726
47499CB00007B/2629